ウチのΩは口と性格と寝相が悪い

Canna Higashikawa
東川カンナ

CHOCOLAT BUNKO

ILLUSTRATION 末広マチ

C O N T E N T S

ピンポーン――

インターホンから軽快な呼び出し音が鳴った瞬間、芦名紗和《あしなさわ》はその顔を思いっきり顰《ひそ》めた。

「またかよ……」

確認しなくても分かる。誰が訪ねてきたのか。

宅配業者ではない。訪問販売でもない。いっそ訪問販売だった方がまだマシだった。しつこい営業もいるが、きっぱり断れば追い返せるし、初めから居留守を決め込むことだってできる。

ピンポーン！　と、またインターホンが鳴る。

「来るなってあれだけ言ってるのに……！」

十五階建てのマンションの七階、七〇七号室が紗和の住まいだ。閑静な住宅街で周辺には大きな公園があり、緑が多いところを気に入っている。セキュリティもしっかりしており、もちろんエントランスはオートロックだ。宅配業者や他の住人に便乗しない限りは、エントランスから先には進めない。

カメラ付きインターホンの画面に嫌々目を向けると、そこには思った通りスーツ姿の男が映っていて、足止めを食っていた。

だが、どれだけ居留守を決め込もうとこの男がそう簡単には立ち去らないことを、紗和は嫌というほど知っていた。

「チッ」

駄目押しのように三度目の呼び出し音が部屋に響いた直後、ダイニングテーブルの上に置いていたスマホが振動し始め、思わず舌打ちをする。この状況で誰からの着信かなど、画面を見なくても分かる。

男は、望まぬ訪問者なのだ。居留守を決め込み、このまま追い返してしまいたい。だが、紗和にはそうできない事情があった。

以前にも同じ状況になった時、電話に出ると紗和がクレームを入れるより先に男はペラペラと喋り出し、執拗に〝紗和、紗和〟と名前を連呼してきたのだ。

職業柄、スキャンダルには気を付けなくてはならない身だ。自宅を訪問してきた男が親しげに何度も名前を呼ぶような場面を、誰かに目撃されては困る。

無視を決め込んでいた着信が、やがて留守番電話サービスに切り替わった。

きっと男は紗和の名前を連呼し始めている。

今のところモニターには男の姿しか映っていないが、いつ誰が急にマンションを出入りするか分からない。そういうリスクを考えた時、紗和は応答せざるを得なくなってしまうのだ。分かっていて、相手はやっている。

ムカつく。

心の中でそう吐き捨てた瞬間。またもやインターホンが鳴った。

「おい！」

紗和は我慢ならず、呼び出し音が鳴り終わるその前に画面に映る男に声量は抑えつつも怒気を孕んだ声を向けた。

「いつもやめろって言ってるだろ！　何度も同じこと言わせるなバカ！」

「開けてくれ」

しかし、この手の罵声にはあまり意味がない。その証拠に、男は顔色一つ変えずに淡々と要求してきた。

いつも、こうだ。紗和がどれだけ怒っても、嫌っても、キツイ言葉を使っても、男は少しも怒ったりしない。少なくとも、顔には出ていない。

「…………っ‼」

本当はここで追い返してしまいたいが、渋っているとまた名前を口に出されるかもしれない。紗和は怒りのまま叫びたいのをグッと我慢して、ロック解除のボタンをめり込む勢いで押した。

無駄な押し問答をしていても仕方がない。こうなれば、あとはどれだけ早く追い返せるかだ。

怒りを鎮めるために深呼吸を繰り返しながら玄関へ向かう。サンダルに足を突っ込んで、ひやりと冷たい扉に張り付きスコープを覗く。しばらく待てば、嫌味なくらい整った顔を引っ提げて、右手から男がやってくるのが見えた。

そして玄関扉の前に立った瞬間、インターホンを押すような時間は与えず、男を部屋の中に引っ張り込む。

「うわっ！」

「いい加減にしろ！」

ドアを閉めるや否や、紗和は相手に詰め寄った。

男は紗和より、頭一つ分は余裕で背が高い。程よく鍛えられた身体を隙無く包むスーツは、間違いなく高級品だろう。しかも何やらいい匂いがほんのり漂ってくるのがまた紗和をムカつかせる。宮永司《みやながつかさ》。それがこの迷惑な訪問者の名前だ。

「来るなって言ってるのになんで来る！」

「これ、前に気になってるって言っていたパティスリーのシュークリームだ。食べてくれ」

「っ、オレと会話する気ある⁉」

「いつものやりとりなので、そろそろ省略できないかと」

司は紗和の怒りをひらりと躱《かわ》し、小箱を押し付けてくる。印字されているロゴは毎日行列ができて完売必至と話題になっている店の物だった。

「いつものって自覚があるならなんで改めない。そもそもお前が来なくなったら省略できるわ」

いや、騙されないぞ、確かに気にはなってたけど、それとこれとは全く別の問題だ、と小箱を押し付け返す。だが、なかなかに厚かましいこの男は、家主に断りもなく勝手に上がり込んできた。

洗面所で手洗いを済ませ、勝手知ったるとばかりにキッチンでお湯を沸かし始める。

「紗和、コーヒーでいいか」

滅茶苦茶だ。

何か言ってやりたいが、それも徒労に終わると分かっている。

でもこれだけは、と紗和はダイニングテーブルに頬杖を突きながらぶすくれた声を出した。

「お前な、名前を呼ぶな、外ではもっと呼ぶな、マズいんだよ、分かってるだろ、それでなくともお前滅茶苦茶目立つんだからさぁ。いいスーツ着て、高そうな時計にピカピカの靴、腹立たしいことにその見てくれ」

「だから最短で入れてもらえるよう、努力している」

入れてもらえないなら、そのまま帰れ。嫌がられてるのが分からないのか。

司の発言はいつも斜め上にズレていて、紗和をイラつかせる。

会話もままならないなんて相性が最悪すぎると心の内でげんなりしていると、コーヒーの良い香りがふわりと鼻腔を擽《くすぐ》った。

「あ、やめろ。砂糖は入れるな」

ハッとしてストップを掛ける。

「いつも一つ半だろう」

分かったような口を利くのも大概にしてほしい。

紗和の中でまた苛立ちのバロメーターが上がる。

「オレ、減量中なんですけど？」

「まだ絞るのか」

更にこの発言だ。

「オレの仕事に口出すな」

紗和にとって仕事は己のアイデンティティに関わるとても重要なものだ。それはこうして家にずかずか上がり込んでくるこの男にだって、絶対に踏み込ませないと決めている領域なのである。

低い声で唸るように言えば、さすがの司もこれは失言だったと思ったらしい。

「……健康に問題はないのかと、少し気になっただけだ」

「オレの健康はオレの問題だ」

お前なんかに気にされる必要はないと、紗和は冷たい声で一刀両断した。だが、司はなおも続ける。

「番である以上、紗和の問題は俺の問題でもある」

番。今、この世で一番耳にしたくない言葉だ。

「はぁあ？　オレの問題がお前の問題でもある？　寝言は寝てる時に済ませておいてくれません？」

「寝言じゃない、ただの事実だ。番とはそういうものだろう」

「非合意だっただろーが！」

辛抱堪らず、紗和は叫んだ。

「好きで番になったんじゃねー！　人様のうなじ、初対面で噛みやがって！」

司が発情期中の紗和のうなじを噛んだせいで、好きでもなんでもなかったと言うのに、強制的に番にさせられてしまったのだ。

「お前のせいでオレの人生滅茶苦茶なんだぞ！」

お前なんか嫌いだ、この噛み痕どうにかしろ、絶対に許さないと、何度本人に向けて言ったことか。

それなのに、司は毎度毎度飽きも懲りも学習もせずに、こうして頻繁に訪ねてくる。迷惑だと言っても、〝番だから〟と大義名分を引っ提げながら。

「っ……！」

紗和はうなじをぎゅっと押さえた。手のひらの下、そこにはくっきりとした噛み痕がある。決して消えない、一生紗和を縛る枷。

二人は、どうしようもなく番なのだ。

その事実が紗和を常に苛立たせ、絶望させ、これまで積み上げてきたものを脅《おびや》かしてくる。


世の中は、平等ではない。

生まれ持った属性、環境、資質、運、あらゆるものによって人生は決められていく。けれど、努力によってそれを覆すことは可能だと、紗和はそう信じて今日までやってきた。

「いいよ～、Ｓａｗａ、もうちょっとだけ目線強く」

飛んできた指示に応えるように、紗和はカメラに向ける眼に力を込める。

眩しいくらいの照明、レフ板、フラッシュの光、絶え間なく響くシャッター音。

スタジオの真ん中で誰より注目を浴びる場所に立つ紗和は、〝Ｓａｗａ〟という芸名でファッション雑誌やブランドの広告、ＣＭ、ＭＶに引っ張りだこの売れっ子モデルだ。最近はテレビやラジオにも出ていたりする。

デビューは十五歳の時だった。それから二十二のこの歳まで最前線で仕事を続けている。

「うん、イイ感じ、イイ感じ。その調子で続けて」

今日は雑誌の撮影だ。早朝から何パターンも服をとっかえひっかえして、要求された表情とポーズを差し出している。

「カイト、Ｓａｗａと目線合わせて」

一人掛け用の革張りのソファを挟んで、背の高い男が指示通り紗和を見下ろす。傲岸不遜という言葉が浮かぶ顔つきは、演技というよりはほとんど素だろうなと思わせた。

現場にいれば色々あるものだと分かっている。機材トラブル、悪天候、モデルのドタキャンに高圧的なクライアント・現場監督等々。——あとそれから、態度の悪い共演者。

「チッ、なんでオレがΩなんかと……」

カメラマンやスタッフと距離があるのをいいことに、差別的な言葉を吐き捨てられる。思わず青筋が立ちそうになったが、〝仕事中に私情を出すな〟と己に強く言い聞かせ紗和は怒りを堪えた。

〝Ωなんかと〟

過去にも共演した相手から、同じような言葉を吐き捨てられたことが何度もある。

この世界には男女の別に加え、α・β・Ωからなる〝バース〟と呼ばれる第二の性がある。

生まれ持った能力が高く、体格や容姿にも恵まれ、それ故社会的に重要なポジションに就くことが多いα性。ごく平均的な能力を持ち、人口の大半を占めるβ性。そして男女ともに妊娠が可能という特徴を持つΩ性。βと違いαやΩは数が少なく、Ωに至っては希少種扱いされることもある。

紗和の第二の性は、Ωだ。そしてこのΩ性には、厄介な性質がある。αやβと違い、凡《およ》そ月に一度発情期がくるのだ。発情期になるとΩは身体から性フェロモンを発し、他者、特にα性を引き寄せ誘惑してしまう。フェロモンの力は凄まじく、αの理性を揺さぶり性的欲求を強く引き出し、結果望まぬ性交渉や妊娠に繋がるケースも少なくない。

そして、Ωには更に厄介な性質が発情期の他にもあるのだ。

発情期中にαにうなじを噛まれると、番契約が成立してしまうのである。番になると、そのΩのフェロモンは噛んだαにしか効かなくなる。誰彼構わず惑わさずに済むようになるのなら一見良いことにも思えるが、Ωにとって番契約は取り消しの利かない一生に一度のものだ。噛み痕は生涯消えることはなく、以降発情期の熱は番のαしか鎮められなくなる。その一方でαは特定のΩに縛られることなく、好きなだけ複数契約ができるという、とんでもなく不公平な仕組みになっているのだ。

気まぐれに、遊びで、あるいは通り魔的にうなじを噛まれたΩの末路がどれだけ悲惨なものなのか。

例え想い合って結ばれたとしても、相手に心変わりをされた日には地獄の始まりだ。一方的で不可逆な、隷属の契約。それが番。だからΩは己のうなじを守らなければならず、抑制剤の服用でフェロモンを抑えたり、首輪《カラー》を日常的に装着するなど、常に自衛が求められるのだ。

ひと昔前は差別も激しく、Ωは正規の仕事に就くのも難しかった。今は国の制度も整備され、社会意識の変化、質の高い抑制剤の開発等により改善されてきているとは言え、それでもα・β・Ωの順で未だ階級意識が蔓延《はびこ》っているのが現実だ。現に大企業や政治家はそのほとんどがαで構成されている一方で、Ωの就職率、勤続平均年数、管理職の割合は著しく低い。

そして芸能界も例に漏れず、売れっ子にはαがずらりと並んでいる。Ωには華奢で愛らしい容姿をしている者が多いため、芸能界に向いていないこともないが、枕営業の噂を立てられたり、無理矢理襲われたり、あるいは発情期に仕事に穴を空けてしまうことなどが理由で、長くはこの業界に残らない。

それでも紗和は七年、例えαであってもスキャンダルがあれば一発で終わることもあるこの世界を生き抜いてきた。

だから、共演者からのこの程度の暴言はもはや温《ぬる》いレベルなのである。

「ちょっと二人、目線合わせてみようか」

カイトという名のこの男は、確かまだ新人のα性のモデルだ。最近色々な雑誌で見るようになったが、初手の挨拶からもう態度が悪かった。

Ωに偏見があるのか、Ｓａｗａが気に入らないのか、売れてきて調子に乗っているのか。

「ちょっとギラギラしすぎかな、こうもうちょっと挑発しつつも、喧嘩寸前ってよりは互いを高め合うライバル同士ですって雰囲気ほしいな～」

カメラマンの要求に次は舌打ちが降ってきたがそれを無視し、紗和は向けられた視線を正面から受け止める。

カメラに写っているのはαとΩではない。ただの二人のモデルが並んでいるだけ。

見下ろされていても、そこに力関係を感じさせてはいけない。第二の性など関係ないのだ。

抵抗ではなく、対等。噛みつくのではなく、渡り合っている。

魅せるべきは服だ。モデルはそのブランドが発信したいイメージを正しく掴んで、それを伝えるツールにならなければならない。

「うん、オッケー、いい感じ！　ラスト一枚いくね～！」

さらに幾度かポーズを変え、ようやく撮影に終わりが見える。

「チェックするから、二人とも楽にしといて」

スタジオの壁掛け時計に目を遣ると、もうすぐ午前十一時というところだった。想定より押してはいるが、急げば午後の予定にも間に合う。

「加賀見《かがみ》さん」

紗和がマネージャーに声を掛けた、その時だった。

「っはぁあ、Ωくせぇ」

げんなりした声に、わざとらしい溜め息が続く。もちろん暴言の主は一緒に撮影していたカイトだ。とうとう隠す気もなくなったらしい。

時間も押しているし、とも思ったが、無視すると逆にうるさくなるヤツもいるよなぁと紗和は面倒な気持ちを押し込めて、一言返してやった。

「いい耳鼻科紹介してやろうか？」

「はぁ？」

途端に整った顔が盛大に歪む。よくする表情は顔に定着していく。やめておけばいいのにと思いながら紗和は続けた。

「匂いだなんてあんたの思い込みだろ。こちとら周期の管理は徹底してるし、普段から抑制剤もきっちり使ってる。発情期の前後でもないのに、そうそう匂いが漏れ出すかよ」

　自分の身体の厄介さは身に染みている。一つ間違えば食い物にされること、チャンスを失うこと、自分だけでなく誰かの人生も滅茶苦茶にしてしまうかもしれないこと。沢山のリスクをしっかり認識した上で、日々仕事をこなしているのだ。

「実際してるから言ってるんだろうが」

　だが、絡んできた相手がそう簡単に自分の言葉を撤回する訳がない。

「Ωなんか程度に差があるってだけで、万年発情期みたいなもんだろ。そっちから匂い撒き散らしてこっちを惑わしといて、それで被害者面だけはお得意なんだからやってらんねーよ」

　とんでもない差別発言だ。現場の空気が凍っていく。加賀見が顔色を変えこちらに駆けてこようとしたのを、紗和は目だけで制した。この程度の小物、自分でどうにかできる。

　紗和は鼻で笑い飛ばしながら訊いてやった。

「何？　お前今、オレに惑わされてんの？」

「はぁっ⁉　うぬぼれんなよ！」

「あんたがΩ嫌いだとか差別主義者だとかそんなことは知らないけど、プロなら切り替えろ。仕事に私情を持ち込むな。今日だってあんたのご気分が乗らなかったせいで撮影押して、皆次の仕事に影響が出てる」

「来たくて来た仕事じゃない。お前の相手するヤツがいないから、無理にこっちまで回ってきたんだろうが」

そのセリフに、紗和は堪らず噴き出してしまった。

「なにが面白いんだよ……！」

このくらいの暴言、駆け出しの頃からいくらでも浴びてきた。今さら傷付いたり、怒りが湧き上がったりはしない。Ω臭い、フェロモンの管理もできないのにプロを名乗るな、中途半端な仕事しかしない、枕営業してるクセに——例を挙げればキリがない。

圧力を掛けられて、仕事自体潰されたこともある。それと比べれば、裏で手を回したりせず、こうして周りの目も考えずに正面切って悪態を吐いてくるなんて、可愛らしいとすら思える。

「早く自分で仕事を選べるようになるといーな？」

「は、はぁっ⁉」

本当に今回の撮影が押し付けられたものなら、それを断れない程度の立場でしかないということだ。あれこれNGを出したいのなら、それなりの地位がないと実現できない。カイトの罵りは、未熟さを自ら露呈しているようなものではないか。

「匂いが気になって仕方ないなら、今度から香水でも振り掛けてから来な。ダサい言い訳は聞く方も苦痛だし。本当のプロのモデルは、小さなことでケチを付けたりしない。相手の欠点まで呑み込んでみせる」

「お、お、おまっ」

「じゃあまた、一緒に仕事する機会があればよろしく」

　これ以上は余計な揉め事になるなと、にっこり微笑んでから紗和は踵を返した。

「すみません！　ウチのカイトが本当にすみません！」

　背後でカイトのマネージャーが焦った声を上げてすっ飛んでくるのが分かったが、その場は加賀見が上手く収めてくれたようだった。


「紗和、ここでいいの？」

「うん、ここからは歩いて行く。すぐそこだし」

　車が目的地近くに止まったのは、十一時四十五分を回ったところだった。良かった、間に合ったと胸を撫で下ろしながら、紗和はシートベルトを外す。

「明日は九時から事務所で打ち合わせだから。お迎えはいらないのね？」

「うん、いらない。加賀見さん、今日はスケジュール調整含めありがとね」

「いいのよ、最近お休み入れられなくて、こっちこそごめんなさいね」

「オレに休みがないってことは、加賀見さんはもっと休みがないってことでしょ」

スマホの地図アプリを起動しながら車を降りれば、柔らかな日差しに包まれる。温い風が紗和の頬を撫でていった。

「紗和」

ドアを閉め切る前に呼び止められて、もう一度車内を覗く。

「何かあったら連絡しなさい」

「うん、了解」

そんなやりとりを交わしてから紗和は道なりに歩き出し、その横を加賀見の運転する車が擦り抜けていった。

「うへぇ、ここ……？」

地図アプリの示す通り進むこと二、三分。やがて辿り着いたのは、高い塀にぐるりと囲まれた高級そうな料亭だった。まずもう店構えに圧倒されてしまう。

普段訪れないような場所に出向いたのは、両親の頼みだからだ。頼み、というよりは懇願に近いものだった。

紗和の父親は主に金属加工を行う会社を経営している。規模としてはどこにでもある中小企業だが、技術力の高さで堅実な商売を続けていた。

だが、家業を継ぐ気のない紗和の耳にも、最近の危うい状況は入ってきていた。

強みであった技術力に目を付けられ、海外の大きな企業から圧力を掛けられているのだとか。特許を持っている特殊な金属加工技術を相手は欲しており、取引を潰されたり、原材料の調達先に手を回されて思った通りの仕入れができなくなっているという。このまま会社を潰されたくなかったら、買収に応じろということだ。

そんな追い詰められた状態の中、話を聞きつけたとある得意先の社長が間に入ってくれることになった。借りはできるだろうがこれで一件落着と思いきや、両親曰くその社長がどうも紗和のファンだとかで、ぜひサインが欲しいと言っているとか何とか。

まぁサインくらいならいくらでもと思った紗和だったが、何故かその後話が膨らみ一度食事をとなってしまった。

家族は大切だし、会社のことは弟の綾人《あやと》に丸投げで一切貢献してこなかったことも心の隅で気に掛かっていたしで、紗和はこの度の頼みを引き受けることにしたのだ。

それでも不安がない訳ではないので、念のため確認はした。

〝まさかと思うけど、身売りさせる気じゃないだろうな？〟

自力で生きていても、自分はΩだ。Ωにまつわる悲惨な話は世間にいくらでも転がっている。自分を気に入っている社長との食事なんて、いかにもなシチュエーションで正直嫌な考えもチラついた。ただのサイン付きの食事会だと両親は言ったが、会社の窮地を思えば二人に騙されている可能性もある。

「いざとなったら、急所蹴り上げて逃げるしかないよな」

もし相手が妙な気を起こし、紗和が拒絶したことで話がご破算になっても、その時はもう仕方がないと諦めてもらう外ない。さすがに紗和も、家族のために身売りはできない。

緊張しながらも立派な門を潜り、店内へ踏み入る。中居に連れられ黒光りする板張りの廊下を進んで辿り着いた先は、上品な調度品に囲まれ、大きなガラス戸の向こうに整えられた庭が臨める部屋だった。風に吹かれるでもないのに、桜が花弁をハラハラと散らし、空中を踊っている。

だが、そんな美しい光景より目を引いたのは、室内で既に待っていた男だった。

愛想のない感じはするが整った容貌に、座っていても分かる恵まれた身長、乱れなくセットされた黒髪も身に着けているスーツも清潔感があり、押し付けがましさがなく洗練されている。

そこにはお手本のようなα様が待ち受けていた。けれど、思っていた以上に若い。

「は、初めまして」

男はどう見積もっても二十代後半から三十代前半だ。αならその歳で企業を立ち上げ、社長を務めていても何もおかしくはないが、どれだけ若くても四十は越えているだろうと勝手に予想していたので、何だか肩透かしを食らった気分になる。

「宮永司だ。今日は宜しく頼む」

相手――宮永司は淡々とそう言った。

自分のファンだと聞いたのに、顔を合わせても表情一つ緩みも輝きもしない。かと言って、緊張しているという様子でもない。

変だなと思いながらも中居に促され、紗和は向かいの席に腰を下ろした。

「ではお料理、お運びしますね」

表情に出にくいタイプなのかもしれない。そう思い直して、紗和は美味しいことは分かるがどう美味しいのか具体的には表現できないコース料理を味わい始めた。

「…………」

「…………」

それにしても、会話がない。ファンなら何か訊きたがるものじゃないのか。あまりに気詰まりな食事に、紗和は相手をこっそり見遣る。

美しい箸使いでタケノコと木の芽のお吸い物を口にする男の表情からは、残念ながら何も読み取れなかった。

「えぇっと」

紗和は人の機嫌を窺うタイプではないのだが、相手が実家の会社を助けようとしてくれているこの状況では、さすがに多少のおべっかも使う。

「今日はその、お忙しいのにお時間頂き有難うございます」

いや、そっちがどうしても会いたいって言って、こっちが時間作ったんだけどな？　と思いつつも、そう言ってみた。相手はやはり淡々とした表情のまま答えた。

「忙しいのはお互い様だ。それより、懐石料理にしてしまったが、好みに合っていたか」

「え、あ、美味しいです」

「口に合ったなら良かった」

「はぁ」

会話が、広がらない。あとはもう天気の話くらいしか思いつかないが、したところで二ターンもあれば終わることが簡単に予想できる。

でも広がらないものはしょうがないじゃないか、と徐々に開き直りの気持ちが大きくなってきて、こうなったらもう食事に集中しようと紗和は心に決める。

紗和が異変に気付いたのは、コースの献立も中盤を過ぎた頃だった。

「どうかしたか」

声を掛けられたような気もしたが、紗和の耳はそれをしっかりとはキャッチしなかった。

ただ、部屋が暑いな、と思った。

春先のうららかな気候で冷房が必要な気温ではないはずなのに、熱い。

「おい……？」

あぁ、そうだ。〝暑い〟のではなく〝熱い〟。

気温の問題じゃない。自分の身体が熱を孕んでいるのだ。

「っ⁉」

それに気付いた瞬間、自分の中から暴力的なまでの強い衝動が湧き上がる。紗和はこれが何か、知っている。

「な、んで」

「っぁ……？　まさか」

おかしい。抑制剤は飲んでいるのに。周期的にも今くるはずはないのに。

「この甘い匂い……発情期、なのか」

向かいから動揺の声が上がった。今の今まで全く温度を感じなかった司の声から感情の揺らぎが伝わってきて、紗和はこれはまずいと冷や汗をかく。

自分から発されているだろうΩの性フェロモンは、確実にαである相手を誘っている。

今すぐにここから逃げなければと足に力を込めたその瞬間、強烈な酩酊感と共に紗和の身体はぐらりと前に傾いていた。

「危ない！」

頭から座卓に落ちる。食器同士がぶつかる高い音が響いた気がしたが、何故か痛みは感じなかった。代わりに、頬がじんわりとした温かさを覚える。

「あ……？」

視線だけを上げると、至近距離に整った男の顔があった。自分が無事なのは、相手が身を大きく乗り出し、その手で支えられているからだと遅れて気が付く。

「はな、して……っ」

「だがもう自分で自分を支えられないだろう」

本来なら、お礼を言うべきところだろう。だが今は相手の存在が毒で仕方がない。手のひらが触れている頬がじっとりと熱を孕む。その熱が首を伝い、肩に回り、胸へと広がり、そして全身を侵していく。相手が誘惑されているのと同時に、紗和だってαの圧倒的な存在感に己の本能を揺さぶられていた。

気持ちなど一切伴わない、身体だけが疼く馬鹿げたΩの本能。

「っんん！」

「ぐっ」

ぶわり、また自分の内から湧き上がる衝動に、為す術もなく紗和は身悶えた。紗和から発された性フェロモンに当てられ、男の顔も苦し気に歪む。

欲情に揺れる瞳、耐えるように唇から漏れ出る細く熱い吐息。男の手のひらの熱がぐんと上がる。

怖い、と感じた。身の危険を確かに覚えた。けれど問答無用で、他を服従させる圧倒的なオーラに絡め取られる。そしてそのことに恍惚を覚えてしまう。

「あ……」

身体が熱い。下腹部が疼く。じゅわりと後孔が濡れる気配がして、泣きたくなった。

でも欲しくて堪らない。

このαが欲しい、自分の空洞を埋めてほしい、滅茶苦茶にしてこの熱を鎮めてほしい。

——噛んで、ほしい。

「だ、め……」

それでも揺らぐ理性を必死に繋ぎ止め、紗和は己を支配しようとする衝動的な欲求に抗った。男の支えを振り払い、畳の上を這って自分の荷物に手を伸ばす。

予期せぬ発情期を一時的に鎮めるための特効薬は、常に持ち歩いていた。吐き気やめまい等の副作用は強いが、打てば性フェロモンの発露を強制的に抑えられる。Ωの携帯必需品だ。

「うっ」

震える手で、どうにか特効薬を打つ。これで最悪の状態は回避できるはずだ。

「はぁっ、はぁっ」

紗和は自分の首許に触れる。襲い掛かられても大丈夫なように、カラーだって太めの頑丈な物を着けてきた。これがある限り、番にされることだけはない。

「あれ……」

だが、一分、二分、いや五分経っても紗和の熱が鎮まることはなかった。

「特効薬、効いてない？　そんな……」

どっと焦りが噴き出す。特効薬が効かないなんてこと、ある訳がない。

けれどどんどんと上がる熱は、発情状態が治まっていない何よりの証拠だった。

「薬が、効かないのか」

声を辿ると、いつ移動したのか紗和の位置とは反対の隅に司がいた。最大限距離を取ってくれていたらしい。

だが、互いに湧き上がる衝動を抑えるには、もうそれだけでは足りない。

「出てって……」

力なく紗和は襖《ふすま》を指し示す。特効薬が効かないのなら、後は物理的にαから隔離されるしかない。逃げ切るだけの余裕がない今、相手の良心に賭けるしかなかった。

しかし相手は頭を振る。

「そういう、訳には。この料亭にあとどれだけのαがいると思っている。すぐに匂いに引き寄せられて来るぞ」

「！」

その発言に肝が冷えた。理性を失った複数のαを相手に抵抗などできる訳がない。そうなれば、好きに慰み者にされるしかないではないか。

予備の特効薬があったはずだと、紗和は再びカバンに飛び付いた。

「駄目だ！」

だが、部屋の隅にいたはずの司が、背後から覆い被さるように紗和の手首を掴む。

「はなせ、さわるな……！」

「連続で打っていいような物じゃない。下手をすれば副作用で死ぬぞ」

「α共に好き勝手されるくらいなら、死んだほうがマシだ！」

「紗和」

「っ⁉」

不意に名前を呼ばれ、息が詰まった。

「紗和、薬は駄目だ」

司の発する〝紗和〟という言葉は異様な熱を孕んでいて、とろりと耳に注ぎ込まれては悪い薬のようにじんと身体に染みていく。

こんなものは発情期が引き起こす一時的な現象にしか過ぎないと、頭の隅ではそう思うのに、男が名前を呼ぶその声音に理性がぐずぐずに溶かされていく。

「噛ませてくれ」

「ぜったい、いやだ……！」

圧し掛かられ首筋に鼻先を擦り寄せられる。紗和は必死に拒絶の声を上げた。けれどその声は甘く濡れていて、押さえ込まれた身体も戦慄《わなな》くばかりだった。大した抵抗を示せておらず、説得力が欠片もない。

「はなせ、やめ、あ、ひっ！」

噛みつかれ、革のカラーがギシギシと軋んで悲鳴を上げる。司の唇から漏れ出た熱く荒い吐息に肌を擽られる度に、恐怖と渇望がぐちゃぐちゃに混ぜ合わされる。

怖い。やだ。噛んでほしい。気持ち悦くして。番になんてなりたくない。全部あげるから、あんたのものにして。

「あ、んっ」

捕まえるように腹に回された腕や脇腹に触れる手のひらの熱が狂おしい。その大きな手で、長い指で、別のところを触ってほしい。もう我慢ができない。

紗和の思考が発情期の強烈な衝動にどんどんと塗り潰されていく。

「紗和、紗和」

曖昧になっていく意識の中、司の声が鼓膜に響いた。

さっきまでファンだという素振りすら見せなかったクセに、こんなに熱っぽく名前を呼ばれて、紗和は訳が分からなくなる。

「噛ませてくれ」

またそう言われる。司の声には懇願の色さえ滲んでいた。

でも、まだ僅かに理性が生きている。駄目だ、と紗和は頭を振る。

「紗和、他の奴が乗り込んでくる前に、俺と番に」

「っぁ、オレは」

別にお前とだって番になんてなりたくない、そう叫ぶつもりだった。けれどカラーの隙間からべろりとうなじを舐められた瞬間、紗和の理性は遂に陥落した。

「ひうっ！　んあ、はぁ、あぁ……！」

とんでもない快感だった。ほんの少し舌先が掠めただけで、脳全体が強い痺れを覚えた。紗和はその痺れた脳が命じるままに、Ωにとって一番大切で特別な場所を守るカラーに自ら手を掛ける。

「ぁあ！」

カラーの下に秘めていたうなじにじゅっと強く吸い付かれると、快感が脳天を突き抜けた。

怖くて、気持ち悦くて、頭がぐわんと回る。こんな強烈な快楽は知らない。

「そ、じゃないぃ」

けれど紗和の口から飛び出したのは、不満の声だった。

「吸うのちがう、んぁ、そうじゃなくてっ」

吸われるだけでは到底足りない。もっと別の刺激がほしい。もっと特別なことをしてほしい。せっかくカラーを外したのだから。

「かんで、ね、はやくぅ」

誘うように、媚びるように紗和はねだった。理性や正気なんてものは、とっくにどこかに飛んでいた。

「噛、むぞ……！」

「あ、あ、あぁぁあ――」

つぷり、犬歯が肌に食い込む感覚。

あまりに鮮烈な快感に、自分という人間を全部塗り替えられていくようだった。〝気持ち悦い〟をもう一つ越えた恍惚感に極まった紗和の眦《まなじり》から、ぽろぽろと涙が転がる。

「ひぃ、ふぐっ」

これだけではまだ足りないと言わんばかりに、二度三度と繰り返し皮膚に歯が沈む。生涯無効にはできない徴《しるし》が刻み込まれていく。

この瞬間、紗和は宮永司と番になってしまったのだった。


「…………」

頭が鈍く痛む。身体はどこもかしこも重りを付けられたようにずっしりとしていて、起

き上がる気になれない。そんな中、靄がかかっていたような意識が、徐々にはっきりし始める。

「ここ……」

紗和は視線を右に左に滑らせた。見覚えのない室内だったが、病室であることはすぐに察せられた。

横たわっているベッド、点滴を下げる架台、枕元のナースコール。部屋はシンプルな造りではあったが、かなり広めの個室だった。

ベッドの右手には大きな窓があって、そこから入る西日で部屋はオレンジ色に染まっていた。眩しさに目を眇《すが》めながら、紗和は何があったのか思い出そうと自分の頭の中を探る。

「えっと」

記憶が随分取っ散らかっていた。だが、傾げようとした首に鋭い痛みが走った瞬間、紗和の中で曖昧だったことが一気に鮮明になり、次々に繋がっていく。

「っ！」

紗和は無理矢理にベッドから身を起こした。血の気が引いていくのが、面白いくらいに分かった。だって、唇が氷を当てたみたいに冷たい。

「いや、待って、嘘だろ……」

窓ガラスに映る自分の姿に、さらに血の気が引く。首筋には、大きなガーゼが宛てがわれていた。

ドクリ、嫌な予感で胸がいっぱいになる。けれど窓ガラスに映る姿は鮮明ではない。これではっきりとは見えない。

「確認、しないと」

紗和はふらつきながらも点滴の架台を頼りに、ベッドを下りた。

部屋には洗面台がある。鏡ならば、窓ガラスとは違いくっきりと映る。

本当は、分かっていた。わざわざ確認しなくても、ほとんど理解していた。

だって首筋がずきずきと痛む。それに、記憶もかなり戻っていた。

今日は朝から態度の悪い新人モデルとの撮影があって。

時間が少し押して。

午後はオフをもらっていて、その時間で実家の会社の取引先と会食があって。

気詰まりな食事だった。会話も弾まなかった。早く終わってほしいと思っていたら、その途中で急に身体が熱くなって。

鏡の前で、首許を覆うガーゼに触れる。サージカルテープが皮膚を引っ張る、痛みというには弱い感覚。うなじを晒け出すと、容赦のない現実がただただそこに映っていた。

「あぁ……」

絶望、怒り、虚しさ？　その瞬間自分を支配した感情を何と言えばいいのか、紗和には分からなかった。

うなじには、誤魔化しようのないほどくっきりと大きな歯型が付いていた。どれほど深く噛まれたのか、触れるとじくりと痛む。

これがもう一生涯自分から消せないのだと、悟る。どうしようもなく突き付けられる。自分の人生がαに隷属させられたことを思い知る。

噛ませた、噛まれた、正しい表現がどれかは分からない。けれど、ぐずぐずになった自分が何を口走ったのか、それは覚えている。

腹立たしいくらいに、うなじの噛み痕は目立っていた。

「紗和……！」

硬直していた紗和の思考を現実に引き戻したのは、聞き馴染んだ声だった。

病室の入り口に顔を向けると、そこには加賀見が肩で息をしながら立っていた。

「何してるの、安静にしておかなきゃいけないでしょ、どうしてベッドから抜け出してるの！」

「加賀見さん⁉」

加賀見は怖い顔で入ってくると、有無を言わさぬ勢いで紗和をベッドの中に戻した。

「無理しないで、身体を大事にして」

「どうしてここに……？」

「ご両親から、連絡をもらって。お母様が心労で倒れてしまったらしくて、別室に運ばれているの。あ、別に深刻な状況ではないと聞いてるけど。でも、そう、それで、手も足りないだろうし、紗和の傍に付いておくのに名乗り出て、それで」

加賀見の口ぶりだと父親は母に付いているのかもしれない。それでなくとも急な入院の手続きや準備、医師の説明などの対応でてんてこ舞いなのだろう。

「顔色が、良くないわ」

加賀見がきゅっと唇を噛む。そんな彼女を見て、自分が一体どれほどのことをやらかしてしまったのか、じわじわと実感が湧いてきた。

加賀見とは、事務所に所属した当初からずっと一緒にやってきた。紗和より身長が高く、すらっとした身体にきゅっと一つに纏められた真っ直ぐな髪、夏場でも溶けない鉄壁メイク。忙しくストレスも大きい仕事なのに、いつもきびきびとやるべきことをこなしてみせる、ちょっとやそっとのことでは慌てたりしない頼りになるマネージャーだ。

そんな彼女が、息を乱し、汗だくになりながら駆け付けてきた。そして今、こんなに悔しそうな顔をする。

「……ごめん」

他に言葉を持っていなくて、まず紗和は謝った。

「やっちゃった。本当に、ごめん。謝っても、取り返しがつかない」

「どうして」

応える加賀見の声は強張っていた。けれど、紗和を責めるような様子はない。

「どうしてあなたが謝るの」

「だって」

うなじを噛まれた。噛ませた。紗和は、モデルなのに。身体が商品なのに。

うなじにαの所有印を付けたΩのモデルなど、この世のどこにも需要がない。イメージ商売なのだ。紗和は恋愛禁止をルールに掲げているアイドルとは違うが、露出する部分に目立つ痕があればそこには余計な意味が付く。噛み痕が目に入る度、人は相手のαを想像するだろう。Ωの芸能人に無垢であること、清純であることを期待する人間も多い。α相手に股を開いているなんてこれだからΩは、と言われるだろうことは想像に易かった。

この噛み痕は確実に〝Ｓａｗａ〟の商品価値を落としている。事務所に契約を切られてもおかしくない。

「あなたが謝る必要があることなの？」

事務所にも損害を出す行為をしてしまったのだ。自分が謝るのは当然のことだと紗和は思う。だが、加賀見は震えそうになる声を必死に抑えながら言った。

「だって知ってる。あなたは体調管理を怠らないし、発情期の周期だって安定してた。今日なんか全然予定日じゃなかったのに、それが、こんな、こんなの紗和のせいじゃないわ」

「でも」

加賀見はいいマネージャーだ。

だからこそ、そんな彼女の完璧なマネジメントと信頼に応えられない、泥を塗るようなことをした自分を許せない。

「でも、プロとして脇が甘かった。本当にごめん」

「さ、紗和だけの問題じゃない。こんなことで、紗和のモデル人生に障りが出るなんてそんなの、そもそも噛んだ方にこそ責任が……！」

それはそうなんだけど、自分が急な発情期に陥ったのも事実だ、と紗和は言おうとした。だがその言葉は、病室の入口に立つ男を見た瞬間、喉に詰まって出て来なくなってしまった。

「紗和？」

加賀見は紗和の視線を辿るように首を捻った瞬間、気色ばむ。

「あなた、紗和を噛んだαね……！」

宮永司は昼間見た時よりは幾分くたびれた様子だった。スーツの上着は着ておらず、ワイシャツを腕まくりしていたからそう感じたのかもしれない。紗和は司の腕に小さなガーゼが施されているのを見て、そうか、この男もΩの性フェロモンに当てられ興奮状態、ラットに陥っていただろうから、それを抑える処置をされたのかとぼんやり考えた。

「あ、あなた、自分が紗和に何をしたか分かってるんですか。恋人でも何でもない、居合わせただけのΩの首筋を噛むなんて」

紗和が口を開くより前に、いや、紗和に口を開かせまいと加賀見が司と対峙する。

「合意なくΩのうなじを噛むことは犯罪です。こっちは訴訟も視野に入れますから……！」

「いや、待ってくれ」

司は向けられた言葉を殊勝に受け止めていたが、訴訟という単語が出た瞬間、声を上げた。さすがに裁判沙汰は勘弁らしい。紗和の心の片隅が失望に冷めていく。

「今回のことは順序を間違えることになって、本当に済まないと思っている」

「――はぁ？」

病室へ入ってくるなり司はそう言って頭を下げた。だが、紗和はその言葉を何一つ理解できなかった。

「……順序ってなんだよ。Ωの発情に巻き込んだのは、こっちだって悪かったと思ってる。自分が何を口走ったのか、記憶がない訳でもない。でも、でも……！」

冷静になれ、感情に呑み込まれるな。そう思うのに、一瞬で抑えていた激情の蓋が弾け飛んでしまう。

「特効薬も効かない状態のΩのうわ言を真に受けて、本当に首筋噛むヤツがいるか⁉　しかも出会ったその日の、赤の他人だって言うのに！」

言葉を吐き出すだけでは昂ぶり過ぎた感情を宥めることはできず、嫌なのに目尻には涙が滲んでいた。悔しくて悔しくて堪らない。

「赤の他人相手にすることじゃないのは分かっている」

しかし憎い男はさらに滅茶苦茶なことを言った。

「だがいずれ結婚するなら、番になるのが先でも構わないと思ったんだ！」

「はぁあっ⁉」

——結婚？

紗和は自分が興奮のあまり、何か別の単語と聞き違えたのかと一瞬思った。

「けっこ、結婚？　何言ってんだ、する訳ねーだろ、誰が好き好んでαなんかと番になった上結婚までするもんか！」

噛んでしまったから責任を取りますという意味なのだろうかと思ったが、責任を取ると言えば噛んでもいいという話にはならない。

それに、そもそも。

「オレには番も結婚も必要ない。自分の面倒は自分で見て生きていく。モデルとして生きるのに、番なんて邪魔なだけに決まってんだろ。首筋に噛み痕付けたΩモデルなんて聞いたことねーわ。というか、この、この首筋じゃもう……」

Ωであっても、自分の力で道を拓いて生きていくこと。己の力で掴んだこの仕事を長く続けていくこと。紗和の夢や目標、人生は全てそこに集中していた。

でも、もう。

「……もしかして、聞いていなかったのか？」

困惑が滲んだ声を司が漏らす。

「見合いだと、聞いていなかったのか」

「――は？」

その単語を聞いた瞬間、紗和は鳩尾《みぞおち》の辺りが凍り付くような感覚に襲われた。

「おま、何言って」

見合い。誰と誰が？

本当は問うまでもなく分かっている。あの場にいたのは紗和と司だけなのだから。でも信じたくないと、心は叫んでいる。

「所謂政略結婚だ。今度、芦名の会社とウチのグループで業務提携することになっている。見合いとは言ったが、結婚そのものは確定しているから、今日はひとまず顔合わせの意味も込めて食事をという話で」

「――――」

告げられた内容に紗和は完全に言葉を失った。隣の加賀見もそうだった。

見合い。結婚。確定。業務提携。

ただの会食だと聞いていた。相手がモデル・Ｓａｗａのファンなのだと。

ただの会食だと、ちゃんと確認した。身売りさせるつもりじゃないだろうな、と半ば冗談で言いはしたけれど。

「――――」

言葉が、何も出て来ない。足許が崩れていく感覚。家族に売られたのだという事実が、紗和を突き落としにかかる。

「……同意の取れた話だと聞いていた。だから、自分がうなじを噛んで、番になっても構わないだろうと、そう思って」

それは誰と誰の同意なんだ、と紗和は胸の内で問う。当事者である自分は何も知らなかった。自分の人生の一大事なのに、それを他人が勝手に決めたのだ。

咄嗟に口許を覆う。そうしないと、何かの拍子に喚き出してしまいそうだった。

「……責任は取る」

しばらくの沈黙の後、司がそう口にした。

「番として、取れるだけの責任を取る。これからの生活のサポートもケアも、できることは何でもする」

「いらねーよ！」

紗和は咄嗟に手を伸ばした先にあった枕を引っ掴み、投げ付ける。

それは司の肩に当たりはしたが、柔らかい塊は大したダメージにならない。

「お前なんかに……！」

泣きたくなんかなかったのに、気付けば頬は濡れていた。悔しさがどんどんと自分の中で煮詰まっていくのを感じながら、紗和は叫ぶ。

「お前なんかに、取れる責任なんてある訳ないだろ……！　思い上がるな！」

取り消しの利かないことをこの男は仕出かしたのだ。そもそも責任を取るというその言葉自体、紗和には上から目線の言葉に聞こえた。

「オレはαに囲われたい訳じゃない！　守られたり生活の面倒を見てもらうなんて絶対にごめんだ、必要ない！」

責任を取れると思っている。取って、清算できると思っている。なんて、傲慢なのだ。

何一つ取り返しがつかないのに、このαは自分にできることがあると思っているのだ。

αは社会的強者だ。地位、名誉、能力、機会。それらを他の第二性より圧倒的に持っている。Ωのように食い物にされることはない。

Ωにとっては一生を左右される番契約も、αにとっては大したものではない。Ωが一生に一人としか番えないのに対して、αは複数のΩと番契約を結ぶことができるのだ。いくらでも選択肢があり、中には愛人と言わんばかりに何人ものΩを囲っているαもいる。囲って面倒を見ているなら、まだマシな部類なのかもしれないが。

つまりこの男は何も失っていない。失っていない立場で、紗和に綺麗事を並べているのだ。

「責任って何だよ、軽々しく言うなよ、取るって言うなら、この噛み痕なくせよ！」

紗和を納得させられる責任の取り方があるとしたら、それしかない。けれど、それは不可能だ。

「オレはモデルでっ、それはオレが必死に積み上げて掴んだ生き方で！　でもそれももうおしまいだ。お手付きΩなんてどこからも需要ねーんだよ。どこに、首筋に他人の歯型がっちり付けたモデル見たいヤツがいるんだよ」

明日も紗和のスケジュールは詰まっていた。けれど、それも全部流れるだろう。きっともう、〝Ｓａｗａ〟に需要はない。

「――もういい」

やがて紗和は、ぽつりとそう呟いた。とてつもなく疲れていた。

「出てけ。お前にしてもらわなきゃいけないことなんて、一つもない」

だが、司はその場から動かない。イライラしながら、言葉を重ねる。

「金輪際顔も見せてくれるな、関わるな」

多分、全てを失う。けれど、こんなことで、とも思う。

こんなことで全てを台無しにしないと、されないといけないのか。終わらないといけないのか。

「α様は、番の一人や二人どうってことないだろ。Ωと違っていくらでも相手は作れるし、そもそもわざわざΩを捕まえる必要もない。優秀なα様同士で結婚でも何でもしてくれ」

「俺は別に番がほしくて、結婚がしたくて言ってる訳じゃない。そもそもこの状況で他の誰かなんて、そんなこと考える訳がないだろう」

「分からねーヤツだな」

目の前のこの男だって、騙されていたのかもしれない。少なくとも、紗和も結婚に同意していると思っていた。

けれど、同じように騙された立場と言っても、その結果払う代償の大きさが紗和と司ではあまりに違いすぎる。

「オレはお前の手は絶対に借りない。自分の面倒は自分で見て生きていく」

正直、自分の身に起こったことを、まだ受け止め切れていない。

「――モデルの仕事も」

けれど今、自分の柱にしていたものを自ら手放してしまったら、もう二度と己の足では立ち上がれないと、そう予感がしたから。

「お前に付けられたこんなちんけな噛み痕一つで、諦めたりなんかしない」

半ば言い聞かせるように、奮い立たせるように紗和は口にしていた。

「オレは、番なんていらない」

コーヒーのいい香りが部屋の中に充満している。

「紗和、できた」

人の家だというのに我が物顔でキッチンを使った司が、ダイニングテーブルにコーヒーカップ、シュークリームが載った皿、フォークをセットして声を掛けてくる。

「…………」

あれだけはっきりと番になる気はない、金輪際顔も見せるなと言ったのに、宮永司はどうしてかこうして自宅に押し掛けてくるようになった。それも下手をしたら週に一度はやってくる。紗和の日本語が欠片も伝わっていないのか、二言目には責任、責任と言って様子を見にくるのだ。

紗和はアイドルや俳優ではないが、やはり仕事柄スキャンダルは避けたいし、その火種になりそうなものは生活から徹底的に排除したい。Ωを隠していない、隠しようもない自分の家にいかにもαといった見た目の人間が出入りしていることなど、知られたくはないのだ。

週刊誌は何でもかんでも根拠なく書き立てる。それで仕事を失った知り合いを山のように見てきた。だから司の存在もリスクでしかないのだが、それを逆手に取るように男は毎度押し掛けてきては部屋に上がり込むのである。やり口が卑怯だ。

「そう言えば」

サクッとした食感の生地にカスタードがたっぷり入ったシュークリームに舌鼓を打っていると、許可もなく向かいの席に着いた司が鞄から何かを取り出す。

「今月も雑誌の表紙を飾っていたな」

見せられたのは、一冊の雑誌だった。今日発売のメンズファッション誌だ。

「……なんでそれを」

「今朝、書店で買ってきた」

「ビジネスバッグからいきなり何出してくるんだ……キモ……」

司の言う通り、表紙は座り込んだ紗和が後ろ首を押さえながら見上げるようにしている構図のグラビアだ。

陽に透ける榛色の髪、白い肌、華奢な身体付きながら、ちらりと覗く腕や腹には鍛えられた様子が見て取れる。可愛いけど、可愛いだけじゃない。どこかに強さを秘めている。それが紗和のモデルとしてのアイデンティティだ。

雑誌の表紙――そう、紗和は首筋を噛まれるという致命的な出来事の後も、まだ何とかモデルの仕事を継続できていた。けれど、弊害は山のようにある。

「どういう神経で得意げに雑誌見せつけてきてるんだよ。お前のせいで、こっちは仕事にも支障が出まくりだっていうのに」

減量中であることを脇に追いやりながら、また一つ大きくシュークリームを頬張る。甘い物でイライラを宥める作戦だったが、次の司の発言でその試みはあえなく潰れた。

「それは済まないと思っているが……その、あまりにいい表紙だったので思わず。ポーズも決まってる」

本人は称賛の気持ちを込めての発言なのだろうが、的外れもいいところだ。

「首を痛めたポーズで誤魔化してるんだよ！」

がうっ！　と噛み付かんばかりに紗和が吠える。司がしまったという顔をしたが、もう遅い。

そこに存在しているだけでも無限にイライラさせられるというのに、この男は本当に紗和の苛立ちを煽るのが大の得意だ。

表紙のそれは好きで取ったポーズではなく、うなじを隠すための苦肉の策だったのだ。

「オレの無垢なうなじがお前のせいで台無しだからな。毎回特殊メイク施す訳にもいかないし、っていうかコレができてから撮影も人数絞ったり、箝口令《かんこうれい》敷いたり、そんなことしたって世間に大々的にバレるのも時間の問題だし……」

「……それについては、本当に申し訳ない以外に言いようがない」

騙し討ちの見合い。しかも事の酷さはそれだけでは収まらなかった。

運び込まれた病院で紗和は医師から血液検査をしたところ数値に異常が認められたと告げられ、更なる精密検査をすることになった。結果、とんでもない事実が判明したのだ。

血液から発情を強制的に誘発する成分が検出された。それも、特効薬が利かないような特別強いものが。

裏で糸を引き、仕組んだのはもちろん宮永の人間だ。料亭の人間を買収し、料理に混ぜ物をしたらしい。紗和が料亭を訴えようとしても、もみ消されるだろうことは容易に想像できた。

紗和の実家・芦名は海外の企業による窮地をどうしても脱したく、宮永もまた優れた技術力を自分のものにしたかった。芦名の技術力があればこれから先も更に優れた技術を開発できるだろうし、それは宮永グループに利益をもたらす。その将来性を見越しての業務提携であり、政略結婚だ。

薬が混ぜられていた件について、両親は知らなかったと主張した。母親の方はその通りなのだろうが、父親の方は反応的に少し怪しいと紗和は思っている。それでなくとも、見合いの件を伏せていたことは事実なのだ。

あの日から、紗和と家族の間には決定的な亀裂が入ってしまった。今はほぼ絶縁状態だと言っていい。唯一、弟からの連絡だけは時折受け取っているが。

政略結婚なんて、紗和は絶対にごめんだ。誰かの思惑で自分の人生を好きにされるなんて堪ったものじゃない。

だが、正直紗和の人生はどん詰まり一歩手前だ。誤魔化しながらのモデル活動には限界がある。近いうちに、きっとどこかから首筋の噛み痕のことは漏れるだろう。そうなれば今まで通りに仕事を続けることは難しい。

けれど経緯が経緯なので、信頼関係が根底から壊れてしまった家族を頼ることもできない。こんな状況で、この先どう生きていくのか。

「紗和、口先だけでなく、紗和には番としてできる限りのサポートをしたい」

「はぁ？　サポートってなんだよ、オレの取り戻したいもんはもう一生手に入らないんだよ。番のいないオレ、噛み痕のないオレ、お前がいなくて成り立つ人生。何度言わせる。せめてこの世のどっかに噛み痕抹消サービスとかないのか？　あるだろ、需要はあるよ！」

「……噛み痕がないことによる危険もあるだろう」

確かに番がいないΩは、常に世の全てのαを警戒しなければならない。一方で番ができるとそのΩの性フェロモンは番のαにしか利かなくなるし、基本的に社会的地位が高いαがバックについているΩに、手を出そうとする輩はそういない。司の言うことにも一理あるかもしれないが、それは番契約が同意の下に行われていてこその話だ。同意のない番契約など隷属関係でしかない。紗和には到底耐えられない。

「うるせー、噛む方のヤツは黙ってろ、お前はもう前科者だ」

人為的に引き起こされた発情だった以上、紗和には一切責任がない。熱に当てられ漏らした〝噛んで〟の言葉だって、ただのうわ言だ。

「紗和、お前の怒りは尤《もっと》もだ。でもこうなった以上、俺にできることと言えば大切な番を」

「やめろやめろ、大切にしてくれとか頼んでない。オレ達はただのビジネス番だ」

「そんな、仮面夫婦だなんて」

「ビ・ジ・ネ・ス・番。夫婦じゃない。届けなんて出してないだろ」

使われた薬がマズかったのか、番になったことで体質が変化してしまったのか、あれ以来紗和の発情期はひどく不安定で、しかもより強く発情傾向を示すようになってしまった。

今までなら薬である程度症状を抑えられたし、自宅で数日籠もっていれば自己処理でもどうにかできた。

けれど、今は薬が全く効かない。番である司が相手でなければ、発情期の熱を上手く発散することができないのだ。

紗和の発情期にだけ、症状を抑えるためやむなく関係を持つ。それが今の紗和と司の関係性だ。

紗和はどれだけキツくても自分一人で耐え切りたい、誰にも頼りたくないと思っているが、あの手この手で部屋に乗り込んできた司を前にすると、もう自分の衝動を制御できなくなってしまう。

「紗和、未だに婚姻届を出していない件で、両家から非常にせっ付かれてるんだが」

「一生付かれとけ」

紗和の心の棘が、いっそう鋭く尖った。取り付く島もない拒絶の塊のような返答が、脊髄反射で口から飛び出る。しかし司は少し困ったような表情を浮かべながらも続けた。

「両家の思惑通りになるのが許しがたいのは分かる。だが、こうなってしまった以上、法的・社会的にも確実に紗和に関われる立場になっておきたい」

この親身に聞こえる申し出を、自分は受け入れるべきなのだろうか。

「それにアレだ。籍を入れておけば、俺が死んだ時は財産贈与もできる」

「恵んでくださらなくて結構。噛み痕を消せないなら、それ以外に受け入れられる責任の取ってもらい方はないって何度も言ってる」

諦めて、受け入れて、司に囲われておけば。そうすれば、生活には困らないのかもしれない。でも、紗和の心は確実に死ぬ。

紗和がむっすりした顔ですっかり黙り込んでしまったので、仕方がないと言うように、司は自分の分のシュークリームとコーヒーに手を付け始めた。家電が低く唸る音と、陶器が微かに触れ合う以外には何も聞こえない、気詰まりなティータイム。

やがて司が完食したのを見届けた次の瞬間、紗和は素早く食器を片付け始めた。

「食ったな？　飲んだな？　よし、帰れ。お帰りください。どうもごちそうさまでした！」

「本当につれないな……」

「何か言ったか？　オレ、これから食べた分減らさなきゃいけないんで。すっごく忙しいので」

無駄に広い背中をぐいぐい押して、玄関まで移動させる。

「いいか、今日を最後にもう二度と来るな。お前に取れる責任はない。そうやってもっともらしい大義名分を振りかざして、オレを丸め込もうとしてもそうはいかないからな」

「そんなつもりはない」

さっき本人も口にしていた。籍を入れろとせっ付かれていると。だから早く届けを出させるために、こうやって絆しに掛かっているる。魂胆は分かっているのだ。

家に上げた。ティータイムにも付き合ってやった。もうこれ以上宮永司に割く時間は一秒たりともないと、紗和は勢いよく玄関扉を閉めた。


紗和の健康管理は徹底されている。忙しい中でも食事、睡眠、身体のケアには最大限の気を配っている。抑制剤の服用も毎日欠かさない。

だからこの日、陽がまだ昇らないくらい早朝からの仕事でも、撮影スタジオに入った紗和の肌ツヤは良く、あくび一つ見せなかった。

そう、昼過ぎまで続いた撮影が終わるまでは完璧だったのだ。だが、午後からの打ち合わせのために相手の会社に向かおうと移動していた途中で、突如ソレはやってきた。

身体は熱っぽく、急激に重怠くなる。脈がいつもより早い。首筋に悪寒とはまた別のぞわりとした感覚が走る。

やらかした、と自己管理のできてなさに歯噛みしながらも、紗和はスマホを取り出しマネージャーに電話を掛けた。撮影スタジオと次の打ち合わせ場所まではタクシーを使うほどの距離でもないし、運動にもなるからと徒歩での移動を選んだ自分の判断が悔やまれる。

「かがみさん、ごめん、迎えに来て……」

加賀見は紗和以外にも新人モデルの面倒を見ている。一人で行けると言ったのは自分なのに結局こうして迷惑を掛けるのは情けないと思いつつも、大事になる前にと、電話が繋がるや否や紗和はSOSを出し、今いる場所を告げた。

『分かった』

「うえっ⁉」

だが電話の向こうから返ってきたのは、予想とは全く違う低い男の声だった。

ぎょっとして、それから慌ててスマホの画面を確認する。そこには〝宮永司〟の文字が表示されていて、自分が電話を掛け間違えたことに気付く。

朝も加賀見と通話したからと、履歴から掛けたのが失敗だった。ほとんど無視しているというのに、このαは体調確認と称して頻繁に電話を掛けてくるものだから、いつでも履歴欄にその名前がびっしりなのだ。

「何でもない、掛け間違えた。じゃあ」

紗和は即座に終了ボタンを押そうとしたが、慌てた声がそれを止める。

『待て、紗和、待ってくれ。発情期なんだろう』

その通り、紗和は発情を起こしていた。前回の発情期からはまだ二週間も経っていないというのに、本当に安定しない。予兆もなくある日突然始まっては、ここ最近の紗和のスケジュールを滅茶苦茶にし、方々に迷惑を掛けていた。

『迎えに行く』

自分の体のままならなさにうんざりしていると、藪から棒に元凶である男が言う。

「はぁ？　来なくていいし。掛け間違いだって言ったじゃん。そもそも近場にいるのかよ」

電話の向こうでグッと言葉に詰まる気配。それから、今は他県にいることを告げられる。

「じゃあ無理じゃん」

よく迎えに行くなどと言えたなと、呆れ気味に紗和は溜め息を吐きながら、無意識に首許のカラーに触れていた。今はうなじを守るためではなく、世間から噛み痕を隠すために着けている、太い革のカラー。

紗和の性フェロモンはもう司以外は誘わない。他のαの鼻に感知されることはないはずだ。だが、体調不良であることは一目で分かる。匂いはせずともΩが発情期に陥っているのを見つけた第三者が、何もしないとは限らない。キャップとマスクはしているが、身バレのリスクもある。

『知人を迎えに寄こす。さっき言ってた場所なら近いから、すぐに着く』

やはり頼れるのは加賀見だけだと通話を切ろうとしたところに、そんな提案をされた。

「発情期に、医療従事者でもない初対面の人間に身を預けるほど、迂闊じゃない」

呼び出される知人もいい迷惑だろうし、そもそも司と関わりたくない。世話になるなんてごめんだ。

『信頼できる相手だ。番の件も、唯一知っている』

「はぁ?」

何勝手に喋ってるんだよと言おうとして、失敗した。

「う……」

くらりと目が回り、ガードレールに凭れ掛かるようにしていた紗和はそのままずるずるしゃがみ込む。

『紗和、頼むからそこから動かないでくれ。それから、嫌かもしれないが薬は効かないだろう。耐えるより、委ねてもらえれば、その分早く症状を落ち着かせられる』

つまり、端的に言うのなら、セックスをすればということだ。

番との性交渉が一番効率良く発情期の熱を発散できることは紗和も理解している。だが、全く気乗りしない。

『少しでも早く終わらせて、仕事への影響を少なくしたいだろう』

「う〜〜」

仕事を盾に取るのは卑怯だ。だが、身体を重ねれば手っ取り早くこの熱を発散できるのも事実で、拒絶も受容もし切れずに紗和は唸り声を返すことしかできなかった。

頭の中をぐるぐる巡る、心を無視した欲求に耐える。ひたすら耐える耐える耐える。

悪目立ちしないようすぐ傍のビルとビルの間のちょっとした隙間に、紗和は移動していた。迎えが来るまで電話を切るなとうるさいので、通話は続けたままだ。司は何やらあれこれ喋っているが、紗和はもうほとんどその内容を聞けていなかった。時折相槌なのか唸り声なのか判別のつかない声が漏れるだけ。

だから肩を叩かれるまで、人が近付いてきていることも感知できなかった。

「芦名紗和君、で合ってるよね？」

気力だけで頭を持ち上げれば、そこには腰を折り曲げてこちらを覗き込む茶髪の男がいた。親しみやすそうな笑顔に、コミュ力高そう、と熱でぼんやりした頭で思う。

『犬飼《いぬかい》が来たか？』

「いぬかい？」

「そう、犬飼です。宮永司の会社の同期兼友人」

電話の向こうから聞こえた名前をオウム返しすれば男は首肯し、ちょっとごめんねと紗和の手からスマホを引き抜いた。

「もしもし？　うん、今合流した。……分かった、コンシェルジュに話は通してくれるんだろう？　あぁ、うん、送り届けたらすぐさま退散させて頂きますよ」

どうやらこの犬飼が司の手配した人間らしい。自分には何の関係もない人間のためにこうやって駆け付けるなんて、司ととんでもなく仲が良いのか、上下関係があるのか、媚びや恩を売ろうと計算あってのことなのか。

「ごめんね、スマホありがとう。切っちゃったけど良かった？」

「清々した……」

「おおっと、これは話には聞いてたけど、かなりのブリザード対応」

犬飼が苦笑しながら、〝立てる？　抱っこした方がいい？〟と訊いてくる。紗和は手を借りはしたものの、何とか自力で立ち上がった。ふらつきながらも、何とか路肩に停まっていた車に乗り込む。

犬飼が信用に足る人物なのかは分からない。だが、司を通して信じるしかない。紗和はもう覚悟を決めていた。紗和は司を嫌っているが、司が自分を害するようなことをしないのは知っている。何かあったら、無理にでも加賀見に連絡をしなかった自分が悪いと心の内で言い聞かせながら、いつでも通報できるようにスマホの準備だけはしておく。

「なるべく急ぐけど、車が揺れて気持ち悪いとかあったら言って」

どれくらい、そしてどこをどう走っていたのか、紗和には把握できていなかったが、やがて車が停まった先で窓から外を眺めれば、天辺を見上げるのに首を痛めそうなほどの高層マンションが目に飛び込んできた。

「ここ、どこ……」

「来たことあるでしょ、アイツのマンションだよ」

「しらない」

司の家など、知る由もない。

「駄目だな、大分朦朧としてる」

しかし犬飼はそれを発情期の熱で認知や判断能力が鈍っているせいだと考えたらしい。

「ちがう、本当に知らない……」

「いやいや、え、番の住んでる家だよ？　知らないとか、そんな」

眉間にシワを寄せながら、番相手の住んでいる家だから何なのだという気持ちを込めて物申す。

「だって、人生に必要ない情報……オレがアイツの家に行く予定なんかない」

「ひでぇ」

ここまで言って、ようやく犬飼は紗和の発言を信じる気になったらしい。ひどいと言いはしたが、その声はおかしそうに笑っていた。

ひどいことなんて、何もない。だって紗和は司に興味など全くないのだから。

紗和がモデルなのを配慮してか、犬飼は自分のジャケットを紗和の頭からすっぽり被せ、負ぶって歩き出した。自分で歩けると主張したかったが、もうそれが難しいことは分かっていて、されるがままになる。熱に侵されて朦朧とした意識は途切れがちだったが、司の部屋に到着したとはっきり認識できたのは、部屋の中に充満する匂いのせいだった。嬉しくないことに、紗和の鼻は司の匂いを、司の匂いだけをはっきりと嗅ぎ分けることができてしまう。

「もう一時間もしない内にアイツ、飛んで帰ってくると思うけど……」

犬飼は司の家によく来るのか、迷いなく寝室の扉を開け紗和を大きなベッドに下ろした。

「ちょっとスマホ貸してくれる？　……これ、オレの番号ね。緊急の時は、遠慮なく」

そうして手早く登録を済ませると、じゃあ安静にねと、あっという間に部屋を出ていく。

「うぅ……このベッド、やだ……」

他人のベッドは居心地が悪い。それが宮永司のベッドとなればなおのこと。

しばらくは端から端へと転がりながらなんとか耐えていたが、そのうちに限界を感じて半ば落ちるようにベッドから這い出た。ベッドは長時間留まる場所だから特に匂いが留まりやすいのだ。むせてしまいそうなほど強い司の匂いは、紗和の劣情を煽る。嗅ぎたくないはずなのに、身体はこの匂いがもっと欲しいと激しく求める。

「新鮮な、空気」

部屋の端まで這って、大きな窓を開け放つ。見上げた先は遮るもののない晴天の空。僅かに風が吹いていて、火照った頬に心地好い。

「家、かえりたい……」

症状が落ち着くまでは無理な話だ。そう分かっていても、願望を口に出さずにはいられなかった。

「紗和、紗和！」

どれほどそうしていただろうか。風に当たって少しだけ熱が治まってきたところに、家主が帰ってきた。勢いよく寝室の扉が開かれた瞬間、番のαだけが持つ特別な匂いに、紗和は自分の身体の内からぶわっと噴き出すものを感じた。せっかく少し落ち着いたと思ったのに、また脈拍が上がる。せめてもの抵抗で、紗和は司から顔を背け、少しでも外の空気を吸おうと窓枠に凭れ掛かっていた身体を更にベランダの方へと乗り出した。

「っ、紗和！　危ないだろう！」

駆け寄り、抱き上げようとしてきたその手をぺしっと弾きながら、紗和は唸り声を上げ、険しい声を返した。

「触るな」

ここにいるのは番のαとΩだ。しかもΩは発情期の真っ只中。この状況で触るなだなんて、おかしなことを言っている自覚はある。

「紗和、俺に役割を果たさせてくれ」

けれど、この男もおかしいのだ。だってここに至るまでの全てに自分達の意思はなかったのに、紗和とは正反対に司は全てを受け入れすぎている。この男に、自我はないのかとすら思うほどに。

「お前、変だよ。役割って何？　親の言いなりで初対面の男と番になって、結婚もするつもりで、誰の人生生きてるんだ？」

どうしてこんな状況を受け入れられるのだろう。紗和には宮永司が全く理解できない。それとも、αにとってみればΩの一人や二人なんか大した負担じゃない、影響のない軽い存在だということなのか。

「言いなりとはまた……別に拒む理由がなかっただけだ」

紗和だったらごめんだ。だって番である。結婚前提となると、生涯の伴侶でもある。そういう相手を選ぶとなれば当然好みというものがあるし、常識、生活習慣、価値観、金銭感覚その他諸々相性の問題もある。誰でもいい訳がない。

だが司は相手の性格もよく分からない内に結婚に同意しているし、その相手である紗和は司を嫌っていて常にキツイ言動を繰り返しているというのに、それでもただただ紗和を受け入れてみせる。いくら番にしてしまった負い目があるからと言っても相手に嫌気が差すものではないだろうか。それなのに司ときたら、紗和がどれだけ悪態を吐こうと、それに怒りの感情すら見せない。

紗和には司が訳の分からない別種の生き物にすら見えていた。何を考え、感じ、何を望んでいるのか全く読めない。そんな相手と信頼関係など築ける訳がないではないか。

「……紗和、取れる責任は全て取るといつも言っている」

伸ばされた手を、紗和はまた跳ね除けた。

けれどやはりこの男は怒らない。せいぜい小さく溜め息を吐くくらい。

その態度がますます紗和の癇に障る。発情期で情緒が不安定になっているのもあり、気付けば声を荒げていた。

「何回言わせる！　取ってほしい責任なんてあるか！　取るって言うならこの噛み痕なくせよ！」

失うものがないから、面倒事を前にしてもそんな風に余裕でいられるのだ。Ωの一人くらいで揺らがずにいられるのだ。そう思わずにはいられない。

『そろそろ噛み痕を誤魔化すのは難しい』と昨日事務所から告げられた言葉が、紗和の頭の中で何度もリフレインする。

自分は、こんなにも追い詰められているのに。

「……大体、責任取る取るうるさいんだよ」

司の責任を取るという発言が、紗和は一等嫌いだ。

「そう言って何かすることで、罪悪感減らしたり、番として最低限の義務果たしてますってことにしたいだけだろ」

そうしておけば、社会的には立派なα様だ。そしてΩである紗和は、しっかり面倒を見てもらえて幸せな、運のいいΩだと見られる。実情なんて、紗和の心の内なんて、誰も目を向けない。

「だけどそんなのただの自己満足じゃねーか」

悔しさのあまり、涙が滲む。紗和の人生はもう司に属してしまっている。しかも司の言う〝責任〟が果たされたとして、それで紗和の心が晴れることは決してないのに、対外的に司は立派に役割を果たした体になる。それが悔しい。

噛んで、番にして、それでもなお何も失っていないこの男が憎い。

噛まれてしまったあの日から、紗和はずっと独りで耐えているのだ。自分の抱えるこの途方もない絶望を正しく理解して、一緒の重さで抱えてくれる誰かなどいない。

「……俺の言う責任は、他者に対して示すものじゃない。紗和、お前に対して示すためのものだ。結婚も生活の保障も、他のαから守ることも全て」

「……Ωはαに守られ囲われておくべきだって？」

「気に障ったなら謝る。囲われておけばいいとかそういうことじゃない。ただ、Ωが他よりリスクを背負っているのは事実だ。俺は気を付けてほしくて」

「気を付けろってなんだよ⁉　一体何に⁉」

うなじはもう噛まれてしまっているのに？

一番気を付けなくてはならなかった相手はお前なのに？

司と話していると心に波風しか立たない。イライラしたい訳じゃないのに、紗和の声にはどんどん棘が増えてく。怒りの感情とヒートによる身体の熱がごちゃまぜになって、押し上げられる。

「オレはお前とは結婚しない。番としての接触も必要最低限しか要らない。それからはっきり宣言しとくけど、オレはお前の家を許さないし、この状況に唯々諾々《いいだくだく》と従ってるお前のことも許さないからな！　絶対復讐してやる！　首は入念に洗っとけよ……！」

「……何をするつもりか知らないが、中途半端なことをすると逆にウチに何されるか分からないぞ。思った以上にあちこちの世界に顔が利く」

「こっちは端から死なば諸共の覚悟だよ……！　優秀なα様と違って、何も犠牲にせずにやり遂げられるなんて思ってない」

紗和はもう、ずっと怒っている。怒っても、何もどうしようもないことにさらに怒りが湧く。だからこそ、泣き寝入りだけはしたくなかった。自分が身を切ることになってもいい。相手の思い通りにだけはなりたくない。

モデルが続けられなくなったら時間も嫌になるほどできるだろうし、復讐についての具体的なことはみっちり時間を掛けて考えればいいのだ。

だが、迂闊だなと言いたげな目を司は向けてきた。

「なら言わずにおいた方が、油断を誘えていいんじゃないか」

「言えばお前、警戒するだろうけど、同時にちょっと脆くもなりそうだから、後者狙い」

この男の中にそれなりに罪悪感があることを紗和は知っている。数多の暴言をただ受け止めるのも、贖罪の意識からだろう。そういうところを利用してやればいいのだ。

「オレのこと、かわいいΩちゃんだと思ってんなら、大まちがいだから。芸能界をΩの身分で生き抜こうとおもったら、どりょくと、忍耐と、けーさん高さと、腹黒さはひっすよーそ……っ！」

怒りで誤魔化していたが、不意にぐらりと身体が傾いだ。こんなに身近で番の匂いに晒されていたのだから、限界がきてもおかしくはない。

「紗和！」

でも受け止められたくない。触られるとマズい。そう思っても、身体は司の胸になだれ込む。途端、司の濃厚な匂いをたっぷりと吸い込んでしまい、頭の中が滅茶苦茶に塗り潰された。今まで何とか気力で抑えていたものが、一気に決壊する。

「さわ、んな」

「……紗和、意地を張るところじゃない」

そう返す司の声も少し苦しそうだった。紗和のフェロモンは確実に司を誘惑している。大きな手のひらがうなじを撫で上げた。最高に気持ちが悦くて、それがあまりに不条理な気持ち悦さで、紗和は己の中にあるΩの性に反抗したくなる。

「うあ、キモい！」

こんなバースは最低だと心の底から思うのに、拒絶の声さえ甘さを帯びていて、自分に失望した。

「紗和」

「っ……んっ……ぁ」

酷い言葉を投げ付けられてもやはり司は怒ったりせず、紗和のうなじを繰り返し撫でる。

「これはお前の意思というよりただの体質だ。だから、お前が望んでこうなってる訳じゃないと分かっている」

「あたり、まえだろっ」

「そうだ。だから全て俺のせいにしていい」

身体中包み込むようにぎゅっと抱きしめられて、いっそうくらりと頭の中が揺れた。

悔しい。心地が好すぎる。フェロモンを発するのはΩである紗和なのに、司の腕の中にいると教えられる。

「あぁ～ムカつく～、極上のαの匂いぃ……」

この男は確かに自分の番で、発情期の最中ともなれば抵抗などできないことを。

「うぅ～、キモい～、なんか硬いの当たってる～」

下腹に覚える違和感から距離を取りたいが、身体からはすっかり力が抜けていて、紗和は司に身を預けるしかなくなっていた。

「許せ、この濃厚なフェロモンを前にはどうしようもない」

「ゆるしゅわけないだろ、気力でどーにかしろ」

発情期なんて、最低な仕組みだ。理性も矜持も張りたい意地も解けてしまう。口では罵っているクセに、その一方で胸許に鼻先を埋めて匂いを嗅ぐのをやめられない。

「……呂律が回っていないようだが、まだお喋りを続けるか？」

「うるしゃい！」

シャツの裾から司の手が潜り込んできても、紗和はもうそれを拒むことはできなかった。

「ん、っふ、あ」

流されてしまう。だって発情期のセックス以上に気持ちの悦いことは、きっとこの世に存在しないから。

それに薬が効かない身となると、セックスが最短で発情を抑えられる方法だった。

だから、これは仕方がないのだ。セックスは手段であって、決して目的ではない。心の中で言い訳を重ねる。

「つ、司」

触れられる度に肌がじんと痺れ、下腹に甘い疼きが生まれる。腰を撫で回される感触に悶絶しながらも、紗和は必死に掻き集めた最後の理性で相手に告げた。

「はつじょーきのカンケイで、今からオレはひっじょーにアホなことをのたまうだろうが、ぜっっっったいに鵜呑みにするな。いいな、そこんとこちゃんと心得ておけよ」


お姫様抱っこなんて、趣味じゃない。悔しいが、紗和はされるがままに司に抱えられ、やたらと寝心地のいい大きなベッドに運ばれる。

司は高そうなスーツのジャケットを無造作に投げ捨て、じれったそうにネクタイを緩めた。いつもの育ちの良さが分かる所作とは、何となくギャップを感じる。

「紗和、熱いな」

別にドキッとした訳じゃないけどと紗和が誰にともなく心の中で言い訳をしている内

に、あっさりとシャツを剥かれてしまっていた。纏う物がなくなった肌が、部屋の空気に晒される。涼しさとシルクのシーツの滑らかな触感が素肌に心地好くホッとしそうになったが、司の手が横腹を撫で上げた瞬間それは消し飛んだ。

「んくっ」

ぞくん、と触れられた箇所から痺れが駆け上がって、脳髄にまで響く。

「ぁあ！」

不意に胸の頂を甘噛みされて、羞恥心で頭が爆発しそうになる。

「それ、やめ、噛むのは」

「ん？」

「噛むなって、いってる……！」

「あぁ、なるほど」

司が顔を上げ、胸許でそのまま喋る。吐息が敏感になった先に当たり、紗和はその微かな刺激にも身悶えた。

まどろっこしく胸なんか弄らず、早く突っ込んで、吐き出して、終わらせてくれればいいのに。

「ひっ！」

しかし司は頂を熱の籠った口内に含み、肉厚な舌で絡めるように舐めてきた。更なる刺激に紗和が身を捩れば、次は膨れ上がったその先端を吸い上げてみせる。

「や、ぁ、んん～！」

紗和の喉から零れたのは甘い声の混じった吐息だった。司はその反応を見てこれがいいのかと言いたげに執拗に吸い上げながら、紗和のズボンの前を寛げ、首を擡げ始めていた棹《さお》に触れる。

「ふぁ、や、さわるなぁ」

ほんの少しの刺激でも感じてしまい、たちまち窮屈そうに布地を押し上げる露骨な反応が悔しくて、紗和は歯噛みした。

「きも、きもちわるい」

「あぁ、布地が張り付くのが嫌なのか」

まんまと司の好きにされているのが嫌で零した言葉も、違う意味に捉えられてしまう。司は身体を起こしてズボンごと下着を一気に引き下げ、後孔の窄まりに触れてきた。

「ひ、あ、ぁ」

Ωの身体は男でも濡れる。触れられたソコが蜜を纏っている事実に、死にたくなる。けれどそんな心とは裏腹に、入り口に軽く触れられただけの刺激にソコはさらにじゅわりとぬかるんだ。尾てい骨へと伝う蜜を司の指が掬い取り、微かに震える入り口に擦りつけてくる。時折ふと力を込められる度に、切ない疼きが下腹に溜まる。決して人に触らせない敏感な場所を撫で回されて、羞恥でどうにかなってしまいそうだった。

「紗和、キツかったらちゃんと言ってくれ」

「え？　あ、あぁ……！」

つぷりと太い指が潜り込んできた瞬間、強すぎる刺激にベッドから腰が浮く。

「ふっ、あ、あぁ」

司と身体を重ねた回数は、まだ片手で収まる。だが、自分のナカを蠢くこの指の長さは、もう十分に知っていた。

司はいつも傷など決して付けまいと言いたげにゆっくりとナカに指を這わせ、隅々まで触れる。そのせいで、最近では弱いところはもちろん、今まで大して感じなかったところまで刺激を拾うようになってしまい、紗和としては堪らなかった。

「や、ぁ」

ぐちゅぐちゅと淫猥な音が部屋に響く。司はまだワイシャツの前をはだけさせただけなのに対し、紗和は靴下以外もうすっかり脱がされ、ベッドの上で俎板《まないた》の鯉状態だ。

「も、いい、いいから」

居た堪れなさと切ない疼きがどんどん押し寄せてきて、紗和はさっさと先に進めろと己のαに命じる。だが、司は首を横に振った。

「まだ二本だ」

物みたいに扱われるのはごめんだ。でも、じっとりと焦らすような前戯をひたすら続けられるのもまた辛い。もうひと思いに貫いてしまってほしくて、紗和は涙混じりの声で叫んだ。

「はつじょーきだから、イケる！」

「確かにいつも以上に柔らかいし、濡れてはいるが」

どうしようもないことに抜き差しされる度に蜜は零れ、司の手を、シーツを汚している。すっかり勃ち上がった屹立からはだらだらと先走りの汁が垂れていて、腹が濡れる感覚が気持ち悪かった。

「はやくしろっ、なんでそんなに焦らすんだよぉ……！」

「無理矢理挿入《い》れれば痛い思いをするのは紗和だ」

「無理矢理じゃない、もうほぐれた！」

足をバタつかせながら紗和が必死に主張するとナカを解していた司の指が止まり、その顔が渋くなる。

「こっちだって我慢してると言うのに、なんでそう理性を突き崩すようなことばかり……」

我慢なんて、馬鹿なことを言う。Ωとαの発情期中のセックスに理性なんて、正気なんて何にもならない。要らないし、保とうとしてもそのうち吹き飛ぶ。

正気なんて手放してしまった方がいいのだ。どうせ本人達の意思なんて、すぐに本能に塗り潰されてしまう。

「痛くていーから、そういうの、もうどうでもいいからぁ」

司の表情がさらに厳しくなった。多分、紗和のフェロモンがまたいっそう強くなったのだ。

「つかさ……！」

責任責任と言うのなら、早く自分のこの熱を発散させてくれればいいのだと、紗和はじれったくその名を呼んだ。

「っ、名前、こんな時ばっかり……！」

ふーっと大きな溜め息が落とされるのと同時に指が引き抜かれ、喪失感に後孔がヒクつく。カチャカチャとベルトの金具の音がしたと思ったら、紗和の両腿が大きく持ち上げられ、熱くて硬いものが、入り口に突き付けられた。

「あ、あ、あぁ――」

グッと腰を押し付けられたその瞬間、紗和の喉から甘く引き攣れた声が飛び出した。ピンと足先まで伸ばし刺激に耐えようとするが堪え切れず、快感にだらだらと鈴口から先走りが零れる。捩じ込まれる司の怒張は熱く、これ以上なく滾っていた。

腰を押し進められる毎にナカが司の形に拡がっていく。固く膨れ上がったソレが根本まで捩じ込まれ奥を抉った瞬間、紗和の中から理性が完全に消し飛んだ。

「ひっ、イク……！」

白濁が勢いよく、自分の腹や胸を汚していく。べたべたしていて気持ち悪い。でもそれに意識を割いていられたのも一瞬のことだった。ナカを埋め尽くす、ぽってりと重量のあるものが圧倒的に心身を支配していた。

「ぐっ、紗和、そんなに締め付けるな」

司が何かを言っている。でももうよく分からない。

それよりも、足りない。この程度では到底足りない。もっと強い力で、簡単には届かない奥の奥まで滅茶苦茶に暴いてほしい。

不満を訴えるように腰を揺らせば、悩まし気な吐息が零される。

「あ、あ、あぁ……」

両腿をがっちりとホールドされ、シーツから臀部が浮く。ふんばりが全く利かない状態で、司が深く腰を打ち付ける。

「んぁっ！」

「紗和、紗和」

抜き差しをされる度にナカは柔らかく貪欲にうねる。相手が心底嫌っている司だということは、もう頭から弾け飛んでいた。まだどこか理性の残る司の腰遣いに、もっと荒くしてほしいとすら思ってしまう。

だって熱に支配されたこの身体はどうしようもなくαを求めている。自分のこの快楽を求める身体に応えられるαは、目の前のこの男しかいない。

「つかさ、つかさ」

奥を捏ね回す剛直は、確かに快楽を与える。でも、もっと深く強い刺激がほしい。ナカも悪くないが、更に気持ち悦くなれる場所がΩにはあるのだ。堪らなくなって、紗和は司のワイシャツの袖を掴んでねだる。

「つかさ、噛んで」

潤んだ瞳に見つめられ、腿を抱える司の腕が強張る。

「ね、つかさ、くび、くび噛んで」

「……駄目だ」

「なんで」

一瞬ぐらりと色欲に揺れた目を、司は無理矢理に逸らした。

番なのに、発情期なのに、そっちだって噛みたそうにしてるクセに何が駄目なのかと、紗和は司を睨み付けた。

「紗和、噛むのはなしだ」

だが、司は頑なに拒む。

「なんで！　噛んで！」

　発情期の番のΩがねだっているのに、それを跳ね除けるなんて酷いαだ。普段は紗和のため紗和のためと言って余計なことばかりするクセに、こちらが必死に頼んだことは聞き入れてくれないなんてあんまりだ。司の仕打ちに紗和は涙混じりの声を上げる。

「せきにん、取るって言った！　なら噛めよ、はやく、首噛んでってばぁ……！」

「駄目だ、紗和が駄目だって言ったんだろ」

〝今からオレはひっじょーにアホなことをのたまうだろうが、ぜっっっったい鵜呑みにするな〟

　少し前に自分の発した言葉を、紗和はもう覚えていなかった。

　だからあまりに頑なな態度の司に怒りが募り、足をバタつかせて自分の腿を抱えていた腕を無理矢理解いた。暴れた足が肩に当たり司が後ろに傾いた弾みで、ナカに埋まっていたモノが抜ける。

「紗和？　おい、危な……！」

　そしてべしゃりと潰れるようにベッドから下り、床に転がっていた自分のボディバッグを掴んだ。

「うー！」

　こんな時に限ってファスナーが噛んでなかなか開かない。ガチャガチャと力任せに何度も引っ張って、ようやく口が開いた。中を探って、指先の感覚でソレを取り出す。

「紗和！」

だが次の瞬間、ものすごい勢いで迫ってきた司が紗和の手の中にある物をひったくり、クローゼットの中に設置されていた重厚な箱に放り込んでしまった。

「あー！」

そして何やら続く電子音。

慌てて紗和もよたよたしながら追い掛ける。司が弄っていた箱は、よく見ると金庫なのだと分かった。先ほどの電子音は、パスワードの設定音だ。

「ひ、ひど」

ぺたり、紗和はその場にしゃがみ込んで呆然と零した。瞳にじわりと涙が浮かぶ。

「ひどい！　鬼畜！　さいてー男！　オレのカラーの鍵ぃ！」

紗和の手からひったくられ金庫にぶち込まれたのは、カラーの鍵だ。しかし暗証番号まで設定されてしまっては、紗和にはもう開けられない。

「紗和、落ち着くんだ。熱が上がってきて、訳が分からなくなってるな？」

鍵がなければカラーは外せない。首許をくるりと巡る革に指を掛けて引っ張ってみても、ビクともしなかった。安心・安全の重装備だ。普段なら、これほど頼もしい製品もない。でも、今はただただその頑強さが憎い。

「紗和、痕になる」

「だったら……！」

駄々を捏ねる紗和を、司は抱き上げた。そのままベッドへと引き返す。

「これ外すぅ……！」

もちろん紗和は納得できなくて、圧し掛かってきた司の身体の下で暴れた。だが体格差があるせいで、紗和の力ではビクともしない。

「んっ、ぁ!?」

首筋に不意に与えられた刺激に、紗和はビクリと震えた。だがそれは司がカラーを噛んだ振動が伝わったもので、本当に欲しい刺激には程遠い。うなじはこんなにも悩ましく疼いているのに、カラーの革一枚が紗和の得られるはずの恍惚を奪っている。

「噛めよ、直接ぅ！」

紗和は半泣きで何度目かの要求をしたが、男は鉄の理性を持っていた。

「駄目だ。撮影に影響するから、噛み痕もキスマークも引っ掻き傷も絶対にNGだと、いつも言うのは紗和だろう。紗和、紗和が一番大切なのは仕事のはずだ。それを邪魔することはできない。我慢してくれ」

司に言われたことを、紗和は確かに理解した。だが、次の瞬間にはずくんと疼く感覚に全てを持っていかれ、頭から飛んでいってしまう。

「しらない……首うずうずする、がまんできない、直接じゃないとムリぃ」

司には分からないのだ。発情期のΩの身体の疼きを、うなじのもどかしさを知らないから冷静に言えるのだ。熱くて、辛くて、堪らないから、こんなに必死に訴えているのに。

「かわいーつがいが、こんにゃに切実におねだりしてるのに！」

「確かに可愛いが」

司は真剣な眼差しで、紗和に語って聞かせた。

「紗和がどれだけモデルの仕事を大切にしているか、プロ意識を持っているか、俺は知ってる」

この分からず屋！　と紗和はキッと睨んだものの、この戦法ではあまり効果がないと悟るや否や一転して、その表情を切なげなものに切り替えた。

「つかさ、噛んで、ね、いいよ、だいじょうぶだから」

泣き落としでいく作戦だ。可愛いΩがめそめそしていたら、普通のαは庇護欲が湧くし、言うことを聞きたくなるはずだと、噛んでほしい一心で紗和は必死に頭を働かせた。

「つかさ、おねがい」

「カラーの上からならいくらでも」

宮永司の目は節穴だろうか。それか血の通っていない冷徹男なのだ。そうに違いない。

「だが紗和、それよりもこっちに集中しなくて大丈夫なのか？」

「んぁっ⁉」

信じられないとショックと怒りで言葉を失った紗和だったが、再び猛った欲望を一息に奥まで捩じ込まれて、そのあまりに強い衝撃に息を詰めた。

「あ、強いぃ、ね、奥、奥きてるからぁ！」

「この奥のところを強く抉られるの、好きだろう？」

じゅぽじゅぽとはしたない水音が盛大に部屋に響く。司は言葉通り、紗和の深いところをいっそう強く突いてみせた。

「あ、ぁあ、あぁあぁ！」

一度では止まない。二度、三度と深いところを、息を吐く間も与えずに追い詰めてくる。

「んくっ、イク、むり、むりぃ、んぁーーーーっ」

激しい突きに、紗和はあっという間に二度目の吐精を迎えていた。だが、達して精を吐き出している最中にも、司の抽送は止まらない。

「あ、な、にゃんで、止まって、とまって、今イッてる、イッてるからむりぃ」

零れる嬌声がひと際甘く蕩ける。司はそれでもなお容赦なく抜き差しを続け、紗和を快楽の坩堝《るつぼ》に突き落とした。

そこからは延々と甘く濡れた喘ぎ声だけが、部屋をとっぷりと満たしていた。

◇　◇　◇

「ぐっ」

鈍い痛みが脇腹に走る。

事後特有の気怠さを抱える身体を、司はのろのろと起こした。

隣には精魂尽き果てた紗和が深い眠りに就いている。見れば、その紗和の右足が司の脇腹に直撃していた。

「……相変わらずだな」

痛むそこをさすりながら、司は諦めの境地で呟く。視線を滑らせると、サイドチェスト上の時計は午前二時を指していた。事に及び始めたのは、確か午後の三時頃のはずだ。まだ発情期の只中だが、少し落ち着いた様子の紗和の顔を眺める。

「寝顔は可愛いんだが」

しかし寝相は凶暴なのである。

唯一ベッドを共にできる発情期。本当ならしっかり抱え込んで、自分の匂いをマーキングして、朝までぐっすり眠りたい。だが現実は紗和から飛んでくる足、腕、さらには頭による攻撃で抱き締めるどころではない。夜中に蹴り起されることなんてしょっちゅうだ。

一体普段はどうしているのだろうと、紗和の自宅の寝室を思い出しながら心配になる。この寝相なのに、紗和はベッドを使っているのだ。敷布団でなくて、大丈夫なのだろうか。落ちて痣など作れば、モデルの仕事でも困るだろう。

今日は頭が枕の方に向いているのでお行儀が良い部類だ。これまでの記憶を振り返ると、枕と並行になっていたり、司の鼻先に紗和の足があったりと、大人しくしていた試しがない。

「今日はこれ以上は勘弁してほしいところだが」

そう言いながらも、結局司は毎度危険な寝相の番と同じベッドに潜る。別々に寝るという選択肢はない。

できれば寝ている間くらい大人しくしていてほしいのが本音だが、例え寝込みを攻撃されるリスクがあっても番と同じ寝床にいたいというのは、αとしてのどうしようもない欲求だった。

寝息を立てる紗和の首筋を見遣る。

太幅の黒の革製のカラーは、あちこち歯形が付いて傷んでいた。新しい物を贈ったら受け取ってくれるだろうかと、そっと革が捲れている箇所に触れる。

本当は、噛みたかった。そのうなじに歯を立てて、滅茶苦茶に啼かせて、番の証を何度も何度も上から刻みたかった。欲求があるのはΩだけではない。司にだって己のΩに対してマーキングしたい欲はある。それも、発情期のΩ本人が可愛い顔をしてあの手この手でねだってきているのである。普通のαは、あんなことをされて正気を保てないだろう。

「噛めと迫ってきたと思ったら、あざとく上目遣いでおねだりモードになったり。発情期で判断力も落ちてるはずなのに」

司のΩは一筋縄ではいかない。さすが、芸能界という厳しい世界を長年生き残ってきただけはある。

可愛いだけではない。口は悪い。性格も一捩じり二捩じりツイストが利いている。おまけに寝相も悪くて、寝ていても起きていても油断がならない。

だが努力家で根性があって、信念も持っている。どんな状況でも泣き言を言わない。司の知る他のどんな人間より、芦名紗和は自分で自分を支えて、誇り高く生きている。

見合いの後、病室で見た紗和の姿が、今も頭に鮮明に脳裏に焼き付いている。紗和は司の知るどんなΩ、いや、第二性など関係なく司の知るどんな人間にも見たことのない強さを持っていた。追い詰められ、絶望しかないあの状況で、それでもなお怒りの中で自分を奮い立たせていた姿。あの危うい強さに司は惹かれ、そしてまた支えたいとも感じてしまったのだ。

こんなことを思う資格は、本来ないのかもしれない。

取れる責任なんてない、と紗和は事あるごとに言う。その通りだと、司にだって分かっている。紗和の傍にいることが、番としての役目を果たすことが今は必要だと思っているが、それも正しいかは分からない。将来的にやはり距離を取るのが一番紗和のためになるという結論が出るかもしれない。どれだけ悪いと思っても、何をしても、カラーの下の噛み痕が一生そこに残るという事実だけは変えられないのだ。

司は深く溜め息を吐いてから、紗和の足を布団の中にそっと戻した。自分ももうひと眠りするかと横になったが、この日司は後二度、紗和のアクロバティックな寝相に叩き起こされたのだった。

宮永グループと言えば、誰もが一度は聞いたことのある一大財閥だ。その運営事業は金融、不動産、インフラ、重機製造、物流、ＩＴ等々多岐に亘る。そんなやんごとなき一族の現トップの次男というのが、司が生まれ落ちたポジションだった。

社会のトップに立つ一族というものは、そのほとんどがαで構成されている。宮永家も一族揃ってほぼ全員がαだ。

αは恵まれた存在。生まれながらの勝ち組。

だが生まれた瞬間から背負わされているものもあるし、将来の選択肢など自分の手にはない者も多い。司も幼い頃から自分の将来がある程度決まっていることは自覚していたし、現に今、予想通りの人生を送っている。

「宮永課長、すみません、こちらの申請書の確認をお願いします」

「あぁ、例の月例稟議だな」

都心で犇《ひしめ》き合うように聳《そび》え立つ高層ビルの一画で、今日も司は仕事を着々とこなしていた。部下から手渡された資料に目を通し、修正の有無をチェックする。

司は現在、宮永グループの都市開発会社に籍を置いている。年齢を考えると課長職は出世している方だが、一大財閥のαという観点から見れば大した職位ではないとも言える。しかし一般社員としての経験も必要という方針で、宮永家の人間はいきなり役職に就くのではなく、下積みの期間を設けるのが慣例だった。

ただ、一般の社員と全く同じという訳ではない。司は都市開発以外にも、他のグループ会社の仕事も任されている。常に複数の事業を兼務して、全体を見渡す力と管理する能力を養えということなのだ。

一通り書類に目を通し終わった司は、部下に声を掛ける。

「気になったのは一か所、ここの参考にしている数値が正しいかもう一度確認してほしい。去年の予算額を元に試算とあるが、恐らく前のものが使われている」

「すみません。すぐに確認します」

「後は特に問題ないから、それが確認できれば承認印を捺す。そうだな、明日中には出すように。今月の申請でないと、今期の予算に収まらない」

「分かりました、急ぎ修正します」

仕事にはそれなりにやりがいがあった。目に分かる成果が出ると、やはり嬉しい。

司は次男で家を継ぐ立場にはない。求められているのは、必要に応じ兄をサポートし、一緒に宮永の事業を成長させていくこと。

自分の前に敷かれたレールを、苦痛に思ったことはなかった。責任や重圧がない訳ではないが、それに見合うものを与えられて生きてきたという自覚がある。

でも今、司はその敷かれたレールの上を進めなくなっている。

紗和と出会ったことで、自分の人生は変わり始めていると、そう思う。

両親からは、紗和と早く籍を入れるようにと事ある毎に言われていた。それを司はもうずっとのらりくらりと躱している。

〝お前、変だよ。役割って何？　親に言われるまま初対面の男と番になって、結婚もするつもりで、誰の人生生きてるんだ？〟

ついこの前、言われた言葉が蘇る。

紗和には司が親の言いなりになって生きている、主体性のないヤツに見えているのだろう。だが財閥ともなれば政略結婚は当たり前にあるし、この歳まで独身でいた自分にどこぞから見合い話がくるのは、まぁ予想できたことだった。よほどのことがない限りは相手とそれなりの関係を築けるだろう、その努力はしようと受け入れる気持ちも整っていたのだ。見合い相手がΩで男だったのは、少し意外だったが、それでも異論はなかった。男でもΩなら妊娠が可能だし、幸いなことに司は男女どちらでも大丈夫な人間だった。

淡々と受け入れ、指定された見合いの場に向かい、そこで紗和に出会った。

全ては宮永家が芦名家を傘下にするため、仕組んだこと。司自身はその企みを何も知らされていなかったが、実質的にその片棒を担がされた。思い返す度に、鳩尾のあたりで様々な感情がとぐろを巻く。本当に、取り返しのつかないことをしてくれた。

だが、危ない橋を渡ってまで、窮地にいた芦名家ではなく宮永家が強引なことをした理由には、心当たりがあった。

「……兄さんのところだな」

司には五つ離れた兄がいる。七年ほど前にαの女性と結婚したが、二人は未だ子どもに恵まれていない。両親は表向きには焦ることではないと言っているが、実際には跡継がいないことにかなり気を揉んでいた。

そこで、今回の政略結婚だ。相手がΩなら、発情期の性交で確実に孕む。この際次男のところでもいいから、次の世代を確保したいという考えがあるのだろう。もし長男夫妻に今後子どもが生まれた時は、順当にそちらに継がせればいい。

一族の存続や利益のために子どもを道具にするような考えが、未だに一部の界隈では当たり前に蔓延っている。子どもを産むことを勝手に望まれていると知れば、きっと紗和は怒り狂うだろう。

紗和と籍を入れたい気持ちはあるが、それは決して宮永家の跡取りを産んでもらうためではない。家のために必要だからではなく、司自身が他の誰でもなく紗和を好いているからこそ結婚を望んでいるのだ。だからこそ、司は紗和の気持ちを一番大切にしたい。いつか紗和が自分を受け入れてくれる日がくることを願いながら、家からの性急な婚姻の要請は撥ね続けている。

「失礼します、宮永課長、明日の会議スケジュールなんですが」

「うん？」

先ほどとはまた別の部下に話し掛けられ、司はＰＣモニターから顔を上げた。

「十五時からのマーケティング戦略部との打ち合わせ、十六時からに調整できないかと」

スケジュールを確認しようと、司はマウスに手を伸ばす。だが目測を見誤り、その手が脇に重ねていた書類ファイルにぶつかった。書類が床に散乱する。

「悪い！」

「いえいえ」

慌ててそれらを拾おうと司が立ち上がると、部下と近くにいた社員二人も一緒になって書類を集めてくれた。手際よく回収されていく中、不意に一人の部下の手が止まる。

「……ご結婚されるんですか」

「え？」

結婚？　と司もまた手を止める。

だが部下がそう尋ねた理由はすぐに理解できた。散らばった書類の中に、結婚式場の案内パンフレットがいくつも紛れていたからだ。

「結婚？　え、課長が？」

「えっ⁉　そうなんですか⁉」

すると他の社員たちも驚きの声を上げ、わらわらと集まってくる。

「いや、違う、そうじゃない」

妙な噂が流れては堪らないと、司はすかさず否定した。

「これは別で担当している案件だ。ウチのグループでブライダル関係を取り扱っている会社があるのは知ってるか」

訊ねてみると、そうなの？　という顔をする者と、知ってますという反応を見せる者に分かれる。この反応でも分かるように、グループ内でもそこまで大きな事業ではない。

「そっちの仕事で使う資料だ。俺個人のものじゃない」

結婚したい相手はいるが、ＯＫはもらえないと分かっている。自然と思い浮かべた紗和の顔は、司の考えを嫌がるように渋面を作っていた。

「びっくりしました」

騒いですみません、と集め終わった資料を手渡しながら、部下の一人が言う。

「いや、いつしてもおかしくないって感じですけど」

「課長のお相手となれば、きっと良家のお嬢様ですよね」

「お式するってなったら、すっごく凝ったものになりそう」

彼らは口々に〝宮永グループ御曹司のご結婚〟を語る。きっと司の両親も、同じように想像していただろう。既成事実さえ作ってしまえば、後は流れるように入籍、結婚、そしてすぐに子どもに恵まれるだろうと。けれど、実際には全く上手くいっていない。件のΩがここまで逞しく、負けず嫌いで、ただではやられない人並みならぬ根性の持ち主だったとは、計算外だっただろう。

もちろん、だからと言って紗和が決して傷付いていない訳でも、平気な訳でもないと、司は理解している。それに負けん気だけでいつまでも乗り切ることはできない。怒りや痛みばかりを燃料にしていては、いつか破綻する。泣き言を決して言わない紗和を見ていると、時に司は危うさを感じる。

「課長？」

「いや、何でもない。拾ってくれて助かった」

司が資料を受け取ったところに、明るい声が割り込む。

「宮永～、昼行こうぜ」

フロアの入り口から顔を覗かせたのは、別部署で働く同期の犬飼だった。時計を見遣れば、丁度十二時を指したところだった。

「手間を取らせた。皆も昼食に行ってくれ」

司は犬飼に少し待ってくれと目で合図してから、予定を確認しにきていた部下に声を掛ける。

「それから打ち合わせの件、十六時でもいけるが、十七時からは別の会議が入ってるから、長引くようなら途中退席になる」

「分かりました。一時間程度と聞いているので大丈夫だとは思いますが、向こうにも伝えておきます」

「うん、頼んだ」

「おい、禁断症状が出始めてるぞ」

犬飼の声で、司はテーブルの上の状況を認識する。

昼食のために入った会社近くの喫茶店。オーダーの後に店員が置いたカトラリー類の入った籐の籠の中は、閑散としていた。

れていたからだ。


犬飼の前、テーブルに敷かれた紙ナプキンの上に、フォークとスプーンが綺麗に並べられているからだ。

犬飼が座っている席は日差しが少し強かったのでブラインドを下げ、グラスの水が半分以下まで減っていたので注ぎ足しもした。今は手許を見るに、ソース跳ね防止で付いている前掛けを取り出して広げていたところだった。自分用にではない。恐らく、犬飼用に。

「いや、これは……」

完全に無意識の行為だった。いくらなんでもいい歳をした男相手に普段からこんな甲斐甲斐しい真似はしない。禁断症状、まさにその通りだ。

「仕方がないだろう。番になったたって言うのに、甘やかせるチャンスが発情期の時しかないんだぞ。それだって発散を手伝ってるだけだし、向こうは本意ではないし、厳密に言えば甘やかしている内に入らない……」

「拗らせてんなぁ」

犬飼玲《あきら》は、会社に入ってから知り合った同僚兼友人だ。バースはα。タイプは違うが意外に馬は合うので、こうして昼食を共にしたりよく飲みに行ったりする。

犬飼は司と紗和の見合いの顛末を知っている数少ない人間だった。ノリとフットワークは軽い男だが、一方で口は堅いので信用している。

「それにしても」

なみなみと水の注がれたグラスを持ち上げながら、犬飼は苦笑した。

「お前が実は大の世話好きで、これと決めた相手はとことん甘やかしたい、そんな重い男だなんて向こうは思いもしないだろうな」

「そもそも俺自身のことなど知ろうとしていない」

「ははっ、お気の毒に」

「思ってないだろう」

犬飼の言う通り、司は世話好きの構いたがりだ。半ば無意識の内に、ついあれこれ人の準備やフォローをしてしまう。とにかく構い倒したくて堪らないのだ。それが自分の大切な相手となればなおのこと。番なんて、構いたい最たる存在と言ってもいい。

「我慢してるんだなぁ、健気なことで」

だが、現実は厳しい。

紗和は家に来るな、せめて発情期の時だけにしろと言うが、これでも司は己の欲求を抑えているのだ。本当は日々モデル業で忙しくしている紗和の健康状態が心配で、できることなら一つ屋根の下であれもこれも世話をしてサポートしたい。

番になったことで、Ωに対する庇護欲が強く出ているのだろうか。紗和に対しては、構いたい欲求が一等強く出る。

「……立派なことに、紗和は自立心が強すぎる」

「Ωは色々不利な立場にいるし、逆にそのバースを利用して、いいようにαに寄生して甘い蜜吸ってやろうくらいの、そういう気概があっても良さそうなのに。実際たまにそういう子いるし」

「紗和はそういうのが一番嫌いなタイプだ」

今の犬飼の発言を聞いたら紗和は憤慨するに違いない。

紗和は強かで計算もするし腹黒いかもしれないが、Ωであることを楽に生きる手段として決して利用しない。あのΩは自分の力で立っている、そのことに誇りを持っている。甘やかされたり、世話をされるなんてきっと以ての外だ。

司が紗和に対してしたいことは、紗和にとってはされたくないことばかりだろう。なので、日々己の欲求と戦うハメになっている。それが知らずストレスになっているのか、無意識のうちに犬飼相手に世話を焼き始める始末。重症だなと思うと同時に、深い溜め息が出る。

「αとしてこんなに頼りに、アテにされないことってあるか……？」

「まぁ何にしろ出会いが最悪だもんな、マイナスからのスタートな訳だし」

その通り、出会いが最悪だった。あんな形の出会いでなければ、紗和だって友好的な関係を築いてくれたかもしれない。

「紗和に、この状況を受け入れろというのが、そもそも酷なんだと分かってはいるが」

「だからと言って、番契約が成立している以上、お前無しで生きるのはもっと酷だ。薬もあんまり効かないんだろ？」

「そうなんだよな……」

それでも紗和は司を受け入れず、自分一人で生きていこうとあがく。

そんな紗和を司は尊敬しているが、同時に心配で堪らない。あのお見合いの日、搬送された病院で顔を合わせた時だって、ショックと混乱で弱っていてもおかしくなかったのに、紗和は必死に動揺を抑え込んで、決して司に弱さは見せなかった。

あの日、病室で途中から何かおかしいことには気が付いていた。どうにも会話が、認識が噛み合っていない。

だがまさか、まさか、紗和の方に結婚の意思がないどころか、そもそも見合いの話すら認知していなかったとは夢にも思わなかった。真実を知って、自分の仕出かしたことの取り返しのつかなさに、血の気が引いた。

西日に染められたベッドの上で半身を起こしている紗和のその姿を見て、さらに心が強張るのを司は感じた。

小柄だな、と料亭で顔を合わせた時から思っていた。けれど、その身体はこんなにも頼りない線をしていただろうかと。

まだ血の色が滲むうなじの傷口に、目が吸い寄せられた。

噛んだ瞬間のあの生々しい感覚が蘇る。きっとこの先一生忘れないだろうと思った。

あのどうしようもない高揚感。柔らかい皮膚の感触。その皮膚を犬歯が突き破った時に感じた、支配欲、満足感、独占欲、執着、同時に自分が絡め取られそうになるような錯覚とそれに伴う僅かな恐怖。独善的で、けれどどこまでも魅惑的で原始的な衝動。

とてもじゃないが、理性が利くようなものではなかった。だが、それは全部言い訳だ。

見合い相手の情報は事前に一通り頭に入れていた。Ｓａｗａの載るティーン向けのファッション雑誌は司には縁のないものだったが、ＣＭで見掛けたことはあった。

知っていたのだ。紗和はモデルだと。でもそれは全く情報として活かされなかった。司の頭の中では、ただの文字情報の羅列でしかなかった。

自分の短慮さを突き付けられた。

どうしてあの時噛んでもいい、その権利が自分にはあるなどと思い上がれたのだろう。

どうしてそんなに傲慢でいられたのだろうと。

噛む直前に、紗和の仕事がモデルであることなど微塵も頭を過らなかった。

噛み痕を付ければ紗和の仕事に支障がでることなど考えもしなかった。

どうせ番になって結婚すれば辞めることになるとか、そういう風に考えていたのだろうか。――分からない。

〝お前なんかに、取れる責任なんてある訳ないだろ……！　思い上がるな！〟

人からこんなに苛烈な感情を向けられたのは生まれて初めてだった。紗和の顔には〝ふざけるな〟とはっきりと書かれていた。

自分が何を踏み躙ったのか、愚かなことにこの段になって初めて司は本当の意味で気付いたのだ。

噛み痕を消せないのなら他には意味などないと、紗和は司に何も要求しなかった。

紗和は微かに眦に涙を滲ませながらも、真っ直ぐに司を射貫いた。単に司を責めている視線ではなかった。己を叱咤し、奮い立たせているのだ。

そのあまりに意思の強い瞳に、司は衝撃を覚えた。本当の意味でその時初めて芦名紗和という生身の人間に触れた気がした。

〝オレはお前の手は絶対に借りない。自分の面倒は自分で見て生きていく。――モデルの仕事も〟

料亭にいた時とは全く違う、猫も何も被っていない生身の芦名紗和。

この状況でなお、強さを、気高さを、このΩは手放さない。どんな状況でも自分の足で立ち上がって、生きていこうとする。

きっとこの日、司は自分の中にあった固定観念を紗和に打ち砕かれた。

〝お前に付けられたこんなちんけな噛み痕一つで、諦めたりなんかしない〟

強さと懸命さと、その裏にチラつく危うさ。その姿に司は胸を衝かれ、そして同時に惹かれたのだ。

紗和にとってはきっと、とてつもなく迷惑な話だっただろうが。


「宮永？　おい、宮永？」

「え？　あ、悪い」

ハッと意識を思考の海から引き上げると、目の前で犬飼が手を振っていた。何度か名前を呼ばれていたらしい。

ふと見れば、いつの間に来たのやらテーブルには注文したランチセットが運ばれていた。

「お前も色々大変な立場だろうけどさ、そもそも最近ちゃんと睡眠とか取ってるか？」

「それなりに取っている」

「それなりねぇ……」

体調管理は最低限しているつもりだ。だが犬飼には疑いの目を向けられる。

「色々限界きてるんじゃ？　残業も休日出勤も最近多いだろ。お前の部下が心配してたぞ」

　確かに最近は新規案件が増えていて忙しい。だが今司がぼーっとしていたのは疲れではなく、ただ紗和のことを考えていたからだ。健康に問題はない。

「大丈夫だ。それに法定時間に引っかからないようにはしている」

「そういう問題じゃないだろ」

　呆れたように大きな溜め息を吐かれる。どうしたもんかねぇと呟いていた犬飼だったが、不意に〝おっ〟と声を上げた。

「アレ、紗和ちゃんじゃん。やっぱかわいー顔してんねぇ」

　犬飼の視線を追うと、壁に備え付けられたテレビでは化粧水のＣＭが流れていた。透明感溢れる美青年といった風情の紗和がそこにはいる。

　モデルの紗和は、愛らしさと青年らしい雰囲気を混在させて独特の魅力を放っている。透明感のある美しさを見せたかと思えば、懐っこくじゃれるような笑顔も見せる。人気があるのも頷ける。

「確かに、顔は可愛い……」

　中身は割と凶暴だが。口も悪いが。寝相だって最悪だが。

　番になった後、紗和のことをより深く知るため、司は集められる範囲で紗和が載った雑誌を収集した。撮影テーマごとに全く違う顔を見せるそのスキルは、すごいなと純粋に感動した。

もちろん、実物の紗和も非常に可愛い顔をしている。雑誌で見せる綺麗な笑顔だけでなく、悪い顔をしてふんと得意げに笑うのも、司は好きだ。

「やっぱり、モデルをしてる紗和は一等生き生きしてるな」

だがそんな紗和の生き甲斐とも言える仕事を、司が付けた噛み痕が奪いかけているのだ。

あとどれくらい、世間の目を誤魔化していられるだろうか。露呈した時、自分に一体何ができるだろうか。

Ωの幸せはきちんとしたαに番にして囲ってもらうこと。

Ωはか弱く、庇護されるもの。

そういう考えは世に蔓延っていて、事実Ωの生きる手段は限られている。そんな世の中で偏見を跳ね除け逞しく生きる紗和が、どうか心を曲げることなく仕事を続けられることを、司は願っている。

もちろん、その噛み痕を付け、紗和の積み上げてきた努力を踏みにじってしまったのは自分だ。やってしまったことの重さは承知している。

だからせめて、紗和が辛い時には傍で支えたいのだ。一人で抱えがちなあのΩが潰れてしまうことのないよう、頼ったり、嘆いたり、あるいは怒りを吐き出せる相手になりたい。

「いつか、受け入れてもらえたらとは思うんだが」

「苦労してんなぁ」

「長期戦は、覚悟してる」

どうすれば良いのだろう。

これから先、自分にどうにかできることなどあるだろうか。

自分には向けられない柔らかな笑顔を画面を通して眺めながら、司はまた一つ大きな溜め息を吐いた。

◇◇◇

紗和が移動中の車内でスマホの画面をスクロールし続けていると、〝もうやめなさい〟と運転席からマネージャーの加賀見の声が飛んでくる。それでも、手は止められない。

いつかは、こうなると思っていた。

どこかやけっぱちな気持ちで、ＳＮＳに投稿された四枚の画像を見つめる。

一枚目は、司が紗和のマンションのエントランスにいる画像。

二枚目は、紗和が司のマンションから出ていこうとしているところ。

三枚目は、それを追いかけてきた司に紗和が抱きついている――ように見える場面。

四枚目は、地下の駐車場から出てきた車に司と紗和の姿が並んでいるもの。

司の顔は一般人だからか、天下の大企業のα様への配慮か、目線を入れて隠されていた。

二枚目から四枚目は先日、ヒートで不本意ながら司の自宅に運び込まれた時のもので間違いない。だがまるで熱愛を匂わすようなこの写真の真実は、一人で帰れると部屋を出た紗和を司が追いかけてきて、その際タイミング悪く紗和がふらついて抱き止められたものと、そのあと結局押し切られ車で送られたものだ。実際には熱愛要素は一つもない。

だが、そんなことは撮ったヤツやこれを見る不特定多数の誰かには関係ない。それに三枚目の抱き止められている写真が悪く、見ようによってはキスをかましているように見えなくもない。

「だから迂闊に接触してくるな、一人でいいって、いつもあれだけ言ってたのに……！」

腹が立つ。でも、この時ふらついたのは自分だ。司が急に抱き付いてきた訳でもない。送ると言われ押し切られたのも自分。結局、自分の判断ミスが招いた結果だ。

紗和は苛立ちや焦燥を抑え込んで、面白くもない写真を注視する。

「にしてもこれ、前から勘付かれて狙われてたってことだよなぁ」

紗和のマンションも司のマンションも映っていて、一枚目と二枚目以降だと服装の季節感も微妙に違う。つまり、それなりの期間張られていたということだ。

投稿には画像の他に、〝所詮ＳａｗａもただのΩ〟の文字と、検索に引っかかりやすくするためのハッシュタグがずらりと並ぶ。

「……ただのΩってなんだよ」

大炎上とまではいかない。けれどこうして眺めている間にも、じわじわと拡散されている。一枚目二枚目は何とでも言い逃れできる画像だが、特に三枚目はどうしたって恋人のように見えてしまう。

紗和は恋愛禁止のアイドルではない。恋人がいても、それだけで炎上のネタにするには弱い。ただ、そこに第二性、Ωであることが絡むと話は別だ。世の中の人間達の擦り込み、偏見、差別が一気に顔を出す。

〝結局αに媚び売るのがΩの本質〟

〝これ、番になってるってこと？　え、ショック〟

〝そう言えば最近首筋隠れてる＆隠してるショット多かったよね〟

〝先月号の雑誌の表紙、これ噛み痕隠してるの？　え〜、騙された！〟

〝純粋無垢なうなじがいいのに。他人の所有物になったΩとか誰が見たいんだよ〟

〝Ｓａｗａたん、もう汚されちゃった感じ？　淫乱ビッチなＳａｗａたん爆誕？〟

「好き勝手言うよなぁ、こっちの事情も知らないで」

時間の問題だとは思っていた。いつまでも隠し通せる訳がない。

でも、実際現実になると途方に暮れてしまう。

拡散され続ける投稿、紗和のSNSアカウントへの止まない通知、事務所にも問い合わせや嫌がらせの電話が掛かってきているらしい。

別にSawaが幸せならいいじゃん、普段恋人さんとどんな感じで過ごしてるのか気になる等、肯定的なコメントがない訳ではない。どうでもいいというスタンスの呟きもある。

〝っていうかαなんかに媚び売らないって主義じゃなかったっけ？　結局媚び売って、腰も振ってるとか(笑)〟

〝白分の道は自分で拓くってスタンスのSawaが好きだったのにな～〟

〝前にインタビューで、Ωはαに守られて～みたいな考え方嫌いだって言ってたのに。相手、αだったらきっとすっごいエリートでしょ、モデル引退した後の寄生先？〟

この手のコメントも多く、目にする度に堪えた。

可愛い、儚い、守ってあげたい。紗和はそういう、Ωという性に押し付けられがちな理想像だけを武器に生きるのは嫌だった。強くて、カッコよくて、自立している。自分の手で道を切り拓いていける、そういう信念を持って、モデルとしての仕事をこなしてきた。

でも今、その生き方が余計に紗和の首を絞めている。

別に、裏切ってなんかいない。

番だけど、熱愛なんてしていないし、司に依存して生きてもいない。寄生先にしてやろうなんて思っていない。

けれどどれだけ紗和がそう主張しても、この状況では信じてもらえないだろう。

自分の芯となる部分を誤解され悪し様《あざま》に言われるのは、図太くあるように心掛けて生きてきた紗和でもメンタルにくる。

「紗和、スマホしまって」

「はーい」

加賀見に渋い声音で言われ、今度は素直にパーカーのポケットに四角い板を突っ込んだ。

「加賀見さん、ごめん」

「何が」

「いや、迷惑掛けてるし」

「紗和、あなた噛まれた時、病院でもそう言って謝ったわね」

「そりゃ謝るよ、そうでしょ。だってモデルは自分自身が商品なんだよ。自衛が足りてなかったし、迂闊だった。商品価値が下がるような状況を作ったんだ、謝ることの何が不思議さ。そりゃ、謝ったってどうにもなんないけど」

ぼそぼそとそう言えば、盛大に溜め息を吐かれる。

「あの時のことはあなたに非があった訳じゃない。その画像だってそういう風に見えるだけで、別に好きで抱き合ったりしてる訳ではないでしょ。あなたと相手の関係がどういうものかは、私も把握してるつもりよ」

加賀見の言うことはその通りだ。だが、それでも彼女と一緒に築き上げてきたものを台無しにするかもと思えば、気が滅入るのだ。例え自分が潰れても、彼女はまた他の誰かを担当して、その誰かと上手くやっていける立場にいると分かっていても。

「……ごめん、今そういうこと言っても仕方ないよな。うん、やめよう。そうだ、根本的にオレは悪くない。それは確実」

それより問題は、これからどうするかだ。

信号が赤になる。現場から現場へと移動する途中だが、加賀見はハンドルをどこへ向けて切るべきか悩んでいるようだった。

「紗和、まだそこまで拡散はされてないみたいだけど、今日のラジオの公開収録までにはもっと広まってると思う」

「うん」

事務所に戻るべきか、ラジオ局へ向かうべきか。仕事のドタキャンは良くないが、行っても余計に混乱を広めることになるかもしれない。

「……休んだ方がいいんじゃ」

そうなのかもしれない、と思う自分が確かにいた。けれど紗和は数瞬思考を巡らせてから、弱気な自分を捨てることにする。

「……休んで、どうなるの」

ここで休んだら、それが最後だ。この先もずっと休み扱いになるだろう。

でも、何食わぬ顔で出演する訳にもいかないというのは分かっている。

「休むことによって番組に負担を掛けると思う。でも、幸い紗和単独のラジオ番組じゃなくて、専属雑誌のモデルたち皆でやってるものだから」

番組は当番制で、普段は三人一組で回している。一人いなくても何とかはなるだろう。

逆に出たとしても収録内容は決まっていて、紗和個人の企画なんかもない。いつも通り、型通りに番組は進めることになると思われる。

問題は、公開収録だということ。収録中、番組宛てに紗和個人への問い合わせが入り、進行の妨げになる可能性があることだ。

「そうだね、現場に行っても向こうから拒まれるかもしれない。その場でクビを言い渡されるかも」

何も悪いことはしていない。ただ、首筋に噛み痕があるだけ。

芸能人の熱愛報道や不倫やらのスキャンダルなんて、そこら中に転がっている。それで仕事に影響が出ることはあっても、芸能人生命を絶たれるほどの大事には滅多にならない。

Ωとなるとそうもいかないのが、理不尽なところだが。

はぁああ、と深く深く溜め息を吐いた。

「行くよ」

純粋無垢なΩのうなじにこそ価値がある？

噛み痕の付いたΩは誰かの所有物？

気持ち悪い、と心の中で紗和は毒吐く。クソ食らえな価値観だ。

ルームミラー越しに、紗和は加賀見と目を合わせる。

「行く。いつも通り仕事する。そうだよ、いつまでも隠して生きていけないんだからさ」

そもそも、隠さなくてはいけないものではない。そのはずだ。紗和自身に恥ずかしいところはどこにもないはずだから。

「……私は」

信号が切り替わり、加賀見がアクセルを踏み込む。

「あなたがずっと懸命に頑張ってたのを知ってる。噛み痕一つくらいって言いたいところだけど、Ωからしたら噛み痕一つで変わることは沢山あるでしょう。でも、変わらないことだってある」

　ウィンカーを出して、右折。ラジオ局のある方角へ。

　不安はあった。怖いとも思う。人から向けられる悪意や侮蔑、落胆を無視できるほど紗和は豪胆ではない。ここから先、会う人会う人にどんな目を向けられるか、言葉を掛けられるか分からない。でも、加賀見が言う通りだ。

「そうだよ、これでオレの本質が変わる訳じゃない。これがオレが何かを諦める理由にはならないし、絶対にしない」


「さて、今週も始まりました！」

「ＳＩＸ−ＥＩＧＨＴのラジオ番組」

「今週のパーソナリティはユキトと」

「七生《なお》と」

「Ｓａｗａの三人でお送りします」

　ラジオ番組側からは出演の許可が出たので、紗和は何食わぬ顔を装ってブースに入った。

　さり気なくブースの外を確認すると、チラチラと向けられる視線や観覧客同士が耳打ちをしている様子が、やけに目に付いた。一体ここにいるどれだけの人間が例の画像を見ているのだろうか。

「ええっと、今週のお題なんだっけ」

「忘れるなよ、ほら、学生時代の……」

取り繕った笑顔の下で、先程から紗和の心臓は早鐘を打っている。

なんでオレがこんな目に。

そもそも責め立てられなきゃいけないことか？

というか、オレだけ矢面に立つのおかしくない？

いつもいつも余裕そうに、紗和が何を言っても怒りもしないあの顔が頭に浮かぶ。

そうだ。腹が立つ。どう考えても自分だけの問題じゃない。でも、紗和は投稿の件を司には知らせていない。連絡を取りたくないのもあるが、あいつに何ができると思っているのもあるし、何より仕事に関することは自分でケリを付けたかった。

「そうそう、その時にさ、うっかり姉貴の白いセーターと一緒に」

「待って、もうその先の悲劇が予想できるんだけど」

「滅茶苦茶怒られたよね。薄ピンク色に染まったふわもこセーター。可愛い色じゃんって焦ってそう誤魔化したら、鳩尾に膝がめり込んできましたよ」

「ひえ」

共演者のユキトも七生も大まかな事情を把握した上で、今日の出演を承知してくれた。

面倒がられるかと思ったが、スタッフ達もいつも通りサポートしてくれている。

「っ……」

けれど、やはりいつも通りとはいかなかった。進行中にリアルタイムに寄せられる番組へのコメント、リクエスト、質問の中に、番組とは関係ないものが混じる。紗和への非難や質問が増えてくる。

「えぇっと、ほら見て、同じような経験談来てるよ、都内在住のしらす丼さんから、しらす丼好きなのかな、オレも好きだけど。えぇっとねぇ」

それらを避けながら、七生が当たり障りないコメントを拾い上げてくれる。

そんな中、ダンッ！　と突如ブースの窓ガラスに衝撃が走った。三人で顔を見合わせてからそろりと視線を滑らせると、観覧席にいたと思しき若い男が窓に張り付いていた。

「何でもない顔しやがって、ちゃんと説明しろよ！」

防音されているので、男の声はそこまで響いてはいない。けれど窓ガラスを叩いた音はマイクが拾っていたようだ。ＰＣの画面には不審がるコメントが並ぶ。

「どうせαとヤりまくってるんだろうが、散々αの手垢なんてついてませんって顔しといてとんだビッチじゃねえかってうわっ、おい、離せ……！」

男はすぐに飛んできた警備員に取り押さえられ引き摺られていったが、その場の空気は完全に凍り付いていた。

「えぇっと、ごめんね、ちょおっと音声が乱れました。続きから、その」

それでも何とかユキトが続けようとする。ラジオ番組は沈黙が続けば放送事故になってしまう。

観覧席から向けられているだろう全ての視線が、自分を責め立てているような気がした。

ＰＣのモニターから目が離せない。

〝今なんか変じゃなかった？〟

〝なんか三人以外の声が聞こえたんですけど〟

〝あれじゃない？　Ｓａｗａ、今炎上してるじゃん。乱入者とか〟

〝αの男がいるってやつか。しれっとラジオ出てるけど、その前に説明あってもよくね？〟

「っ」

喉が詰まる感覚。どうするのが最善だろうか。紗和に関するコメントは増えていくばかりだ。

「……イケるか？」

小声で訊いてきた七生に何とも答えられずにいると、視界の端にスタッフの示したカンペが映った。

そこには手短にまとめてCMに移れ、ひとまず時間を稼げとあった。

首許のカラーに触れる。幅広の革のカラーは守るためではなく、隠すために着けていた。司の噛み痕を隠すために。

どうして、そんなことをしている。これがあると、それほどまでに自分の価値はなくなるものか。隠さなくては、もうここでは生きていけないのか。

――そうかも、しれないけれど。

紗和は、三分だけ時間をくれと殴り書いたメモをスタッフに向ける。

スタッフたちと共に控えていた加賀見がそれを見た瞬間、責任者に深々と頭を下げた。

ディレクターは数瞬、かなり難しい顔をしていたが、やがて諦めたように一つ頷いてみせた。

紗和は二度、いや三度深呼吸をしてから、覚悟を決めて口を開いた。

「話の途中でごめん。Ｓａｗａです。さっきは音声が乱れてすみませんでした。そのことについて、ちょっと説明させてください。いつもラジオを楽しみにしてくれてる皆、番組とは関係ない話になって、ごめん」

視聴者に向けて、紗和は喋り続ける。

「今朝、オレのプライベートな写真がＳＮＳに投稿されました。無断での撮影やＳＮＳへのアップは控えてほしいんだけど、皆が注目してるのは、Ｓａｗａがうなじ噛まれてどこ

「そのαと番になってるんじゃってとこだよね」

　目の前でモデル仲間のユキトと七生が固唾《かたず》を呑んで見守っている。確かユキトはαで、七生はβだったはずだ。この世界でΩが生き残り続けるのは難しいよな、と改めて思う。大半が二、三年、それどころか半年、僅か一月で見なくなる者だって珍しくない。

「そこが気になって仕方がないって人が多いみたい。さっきの物音もそれ関係です。これ以上混乱を招かないように、手短に説明します」

　カラーに手を掛ける。特殊な鍵でロックを解除すれば、そこにはくっきりとした噛み痕。

「今、オレのうなじには確かに噛み痕があります」

　ブースの外でざわめきが広がった。

「相手は一般人のαで、番が成立してる状態。ただし――」

　気が重い。堂々としていたいのに、心の内には怯える自分が確かにいる。

「合意ではありませんでした」

　これが最後の仕事になるかもしれない。最悪だ。そう思いながらも、紗和は喋り続ける。

「合意ではなかったけど、相手も騙されてたというか、そういう部分があって。……オレはこうなった経緯を納得していないし、この噛み痕だって滅茶苦茶消したいと思ってる。

この噛み痕付けた相手とどうしていくかだって、もうずっと悩んでるところです」

公共の電波を使って何を話してるんだろうなぁと、ふと他人事のように思った。

世間にそこそこ顔が認知されていると、こんなことにまで説明を求められるのか。他人の噛み痕事情なんて、本当はどうでもいいことなんじゃないか。自分がこうして話すことに、一体どんな意味があるのだろう。他のΩが励まされたり、逆に人生を好きにされる可能性に絶望したりするのだろうか。

別に知ったことじゃないな、と正直紗和は思った。誰かが自分を見て喜んでくれたら嬉しいけれど、人に夢や希望を与えることを第一の目標としたことはない。通りすがりに自分を見た人間がちょっと気分を持ち上げられる、そんな存在くらいにはなれたらいいなとは思っていたけれど。

自分のことばかりだと言われるかもしれない。けれど紗和は自分という存在を自分で肯定するために、今日までの日々を頑張ってきた。

これからだって、そうするつもりだ。

「オレ自身、全然整理がつかなくて、確かにこの噛み痕を人目につかないようにしてた。でもそれって、皆を騙してたことになる？」

ラジオで良かった。声は一方通行でしか伝わらない。リアルタイムにコメントの流れるＰＣ画面から目を逸らせば、他人の声を一時は無視できる。

「噛み痕のあるΩなんていらない？　噛み痕がないから、ファンの皆はオレのことが好きだった？」

他人の評価なんてクソ食らえと思うのに、他人なしでは成立しないのがこの商売だ。自分の意思だけで成立する仕事じゃない。紗和だってそのことはよく理解している。

「オレの首に噛み痕があることが何かを裏切ることに繋がるのか、正直オレ自身には分からないです。モデルとして傷モノという見方はできるかもしれないけど。でも、そうだな、それでもオレは」

まだ自分を諦めていない。

紗和がそう言い切る直前に――

「紗和っ！」

どうしてだろう。先ほどとは違い、ガラスの向こうからでも十分伝わる。よく通る声がスタジオに響いた。

「はっ!?　え、なん……」

息を切らしながら観覧席に現れた男に紗和は目を剥いた。

宮永司本人である。

「え、何あれ本人？」

こそっと訊いてきたユキトに答える余裕もない。どうしてここが分かったのか、一体何

をしに来たのか、想定外もいいところだ。

走ってきたのか司は汗だくで、いつも整えられている髪も乱れていた。

紗和だけでなく、観覧席の客も、スタッフも、一緒にブース内にいるユキトも七生も、突如現れた男が何を言うのか注目していた。

「紗和、いつも言っているが、全ては俺が責任を取るべき話だ」

この男は、と紗和は唇を噛んだ。

「ややこしいことすんなよ……！」

いつもそうだ。責任責任、そればかり繰り返し口にする。まるでそれだけに生かされているみたいに、責任を行動理由にする。それに全責任がお前一人に集中してる訳ではないだろうと、そうも思う。

「今回のことは全面的にこちらに責任がある。必要な対処は全てこちらでする。紗和が謝らないとならないことなんて、何もない」

「……オレを被害者扱いするな」

低い声で紗和は唸った。

「被害者になんかなりたくない。そういう目で見られるなんてごめんだ。オレはお前がいなくても生きていける」

責任大好き男のこういうところが嫌いだ。

自分が矢面に立てばいいと思っている。紗和を守っています、気遣っていますという体ばかり取ろうとする。でも、一体誰がいつ、そんなことを望んだというのか。

はっきりと告げても、やはりいつも通り司は気を悪くした様子は見せず、至極真面目な顔のまま言う。

「そうだ、紗和は俺なしでも生きていける。そもそも、今だって紗和の価値は何一つ損なわれていない」

「そんなことは知ってる！」

司の言うことが、紗和が世間に向けて一番叫び散らしたいことだった。

何も損なわれていない。こんなもの一つで自分の価値は揺らがない。

そうでありたい。そういう社会であってほしい。難しいかも、しれないけれど。

「何もしてほしくないという、その気持ちが想像できない訳じゃない。そもそも好かれるような始まりじゃなかった」

分かっているなら、どうしてこの男は放っておいてくれないのだろう。司にできることなど、何もない。

けれど、男はまだ口を開いた。

「でも紗和、俺は紗和を愛してる」

「!?」

その言葉に、場が静まり返った。皆目を見開いて、司を凝視している。多分、頭の中で今の言葉が幻聴でないかどうか確かめている。少なくとも紗和はそうだった。だが、数拍を置いて我に返る。

「オレはそうじゃない！」

混乱していた。何を言われたのか分からないし、ここで言うようなことでもない。おまけに司の表情は全くいつも通りで、本気で言っているのかどうかもよく分からなかった。そもそも愛してるなんて言葉、堅物の司には似合わない。

けれど当の司は容赦のない紗和の返球を、冷静に受け止める。

「そうじゃなくていい。今はそれで構わない」

今はだと？

そして更にツッコミどころ満載の発言は続く。

「どうしても噛み痕が我慢ならないなら、支障にしかならないと言うなら、探す。どうにか消す方法を探す」

噛み痕を消したい、なかったことにしろ、とよく紗和は喚き散らした。半分八つ当たりだった自覚もある。あんなもの、駄々を捏ねていただけだ。

だって無理なのだから。αに刻まれた正式な噛み痕を消す方法などこの世に存在しない。そんなこと、誰でも知っている。

「できっこないこと言うなよ……」

「できないかどうかは、今決めることじゃない。技術だって、これからどう発展するか分からないんだから、可能性はゼロじゃない」

真面目か、と心の中で紗和は突っ込んでおいた。視界が滲んでいるが、多分気のせいだ。

どこの世界に、捕まえたΩを逃がそうとするαがいる。そのために今この世にない技術まで探そうとするαが、どこに。

でも、この様子だと本気かもしれないと紗和は思った。宮永の持てる権力を使えるだけ使って、自社で研究まで始めそうだと。言い出したら聞かないし、やると言えばやる男だと、紗和はもう嫌というほど知っている。

はぁあと一つ大きな溜め息を吐いて、紗和は掛けていた椅子に深く沈み込む。

どう考えても合わない。根本的に司とは性格が合わない。

だが至極真面目なこのαを前に、紗和は毒気を抜かれてしまった。司のやることなすことを真正面から受け取って、カリカリしても仕方がない。

「――いいんだよ、いや、良くはないけど」

深呼吸を一つ。

「今日は、覚悟を決めてきたんだ」

次に口にした言葉は、マイクに向けていた。電波の向こうにいる、顔も見えない誰かに向けて。

「噛み痕が気に食わない人もいるかもだけど、オレはそれでもモデルを続ける。今まで培ってきたものを、コレ一つで不意にする気はない」

拒絶されるのは、見限られるのは怖いことだ。

でも、平らじゃない道なんていつものこと。

「離れていく人もいるかも。需要だってなくなるかも。でも、続ける。いらないよって言われても」

〝Ｓａｗａ〟を認めてくれた人もいる。一人でもそういう人が残るというなら、まだここに齧り付いていたいのだ。

ここから先どうなるかはもう世間の判断だ。これ以上語ることは何もない。

一旦ＣＭを流してほしいと、合図を送ったその時だった。

「いるよ！」

高い声が響き渡る。

観覧席へ首を巡らせると、高校生くらいの女の子と目が合った。胸の前でぎゅっと握られた手は、小さく震えている。

「Ｓａｗａちゃんの首筋に噛み痕あっても、私はモデル続けてほしい。雑誌の表紙飾ってほしい。Ｓａｗａちゃんが出てるから、いつも雑誌買ってるんだもん」

真っ直ぐに紗和を支えてくれる、力のある言葉。

「噛み痕あるから、Ｓａｗａちゃんから離れていく人もいるかもしれない。でも、噛み痕があっても変わらずＳａｗａちゃんのファンだって人間もいるよ。私は、そうです……！」

きっと勇気を振り絞りに絞って、声を上げてくれた。

さっきは耐えたのに、見る見る紗和の視界は滲み、あっけなく眦から涙が転がり落ちた。


ラジオ番組の公開収録から半月ほど経ったある日、紗和は司の自宅を訪れていた。

「よく来たな、紗和」

「来たくて来たわけじゃ……」

広々とした玄関は綺麗に片付いており、履いてきたビビッドなオレンジ色のスニーカーは何だか悪目立ちしていた。

前に一度来てはいるが、発情期の最中のことであまり記憶に残っていない。今日改めて、紗和はマンションの立派さに舌を巻いた。

部屋自体はそこまで驚くような広さではないが、独り暮らしには十分すぎるし、立地を考えてもやはり住む世界が違う人間なんだなと思わされる。何せ、コンシェルジュが常駐しているようなマンションだ。

「紗和」

洗面所を借りてからリビング・ダイニングへ移動すると、そこではせっせと司が準備をしていた。コーヒーの良い香りが部屋に漂っている。

「今、減量は？」

「そこまで厳しくしてない」

じゃあ一つ半でいいな、と言いながら、機嫌良さげに司は砂糖とたっぷりのミルクを注いで紗和の前にカップを置いた。猫舌の紗和は警戒して口に含んだが、思っていたより熱くはなく、やけどの心配は杞憂に終わる。

「あぁそうだ、これ、渡しておく」

持ってきた鞄から、託されていた物を取り出す。別に司とティータイムを楽しむためにわざわざここまで出向いたのではない。

「わざわざ悪いな」

何の変哲もない茶封筒は持った感覚からして冊子のようだが、その中身を紗和自身は知らない。

「……加賀見さんがお前に何の用だよ」

それはマネージャーの加賀見から託された物だった。いつの間に連絡先を交換していたのか、急に〝頼まれていた物があるから、渡してもらえない？〟と言われたのだ。

先日、司がラジオの収録現場に来ることができたのも、加賀見から場所を教えてもらったかららしい。知らない間に繋がってほしくない二人が連携を取り始めていて、紗和としては面白くない。

「え、加賀見さんの渡しておいてほしい物ってそれ？」

さっそく司が封筒から取り出した物を見て、紗和は拍子抜けした。

「明日発売の雑誌じゃん。え、そんな物のためにオレ、わざわざここまで来たの？　く、くだらな……」

どうしてもと頼まれたからには、何か重要なものなのだと思っていたのだ。よくよく考えると加賀見と司の間でやり取りする重要な何かなどあるはずがないのだが、加賀見の真剣な表情に騙された。

どこでも買えるやつじゃん、とげんなりとした声が出る。そんな様子の紗和をよそに、いそいそと司はページを捲り出した。

「……ん？」

が、その手がすぐに止まる。司の目が釘付けになっているページは、急遽撮り直し、差し替えとなったものだ。

見開きのページに、紗和一人が大きく写っている。座り込んでいるところを、後ろからのアングルで撮ったものだ。振り返りざまに見る者を射貫く視線は、色気を滲ませながらもどこか好戦的な印象を与える。ものすごくいい一枚だ。

紗和は自信を持ってそう言い切ることができる。

「首筋……」

だが、司の方はそうでもないようだった。

惜しげもなく晒されたうなじ。さらさらの髪の間から覗く、司による番の証。

「いい写真だろ、それ。超お気に入り」

そこにフューシャピンクの口紅で書き殴るようなバツ印が付けられていた。

「あのな」

震える司の手から、紗和は雑誌を引き抜く。

堂々と晒されたそこにある、消えない痕を受け入れられた訳ではない。

「やっぱり要らないんだよ、噛み痕なんて。これのおかげで仕事も確実に減ってますし？

……でもなぁ」

自分の写真を眺めながら、どこかやけっぱちに紗和は言う。

「残念ながら、オレはこの噛み痕とこれから一生付き合っていかなきゃならない。ま、お前が何か解決方法編み出してくれるって言うなら別だけど」

この雑誌のように、番バレした後も紗和の仕事がゼロになることはなかった。

もちろん、取りやめになった仕事もある。レギュラーの本数だって減った。噛み痕のあるΩモデルなんてと、離れていった人間も正直少なくない。でも、専属雑誌はクビにならなかったし、豆粒レベルの写真しか載らないなんてこともない。思っていたよりはマシな現状だ。

攻めた構図のこのグラビアは紗和をモデルとして見出してくれた専属雑誌と、長年イメージモデルとして起用し続けてくれているコスメブランドあってのものだ。

自分は恵まれている、と紗和は思う。自分が努力して積み上げてきたものも、全くの無駄ではなかったと思っている。今回の投稿の件も結局大炎上とまではいかなかったし、ラジオ番組への乱入騒ぎ以外には目立った被害が出なかった。

実はあの日、現場の咄嗟の判断で観覧席の集音マイクがＯＮに切り替えられていたらしい。道理で最初の男の時と違って、お互いスムーズに会話ができた訳である。

正直司とのやり取りを振り返ると恥ずかしさにのた打ち回りたくなるが、あれで一連の経緯や考えを知ってもらうことができ、これからも応援しているという声も多く聞こえてきた。あの時最後に女子高生が言ってくれた言葉も、良い流れを後押ししてくれた。

勇気を出して、無理を言ってラジオ番組に出て良かった。休むと言わなくて良かった。

まぁラジオの一件は、司の乱入あってこそと言われればそうなのだが。

首筋を撫でながら、紗和は司に言ってやる。

「モデルのオレにこれはいらないって、今でもそれは思うけど。でもどうにもならないなら、まぁ利用してやることがあってもいいだろ。利用したって尚割りに合わない訳だし」

噛み痕にバツ印なんて付けられて司としてはショックだろうが、紗和はそこらの柔なΩとは違うのだ。何があったって、タダでは起きない。必死に食らいついて、これからも自分の足で生きていく。

「まぁ今回のことで失ったものも確実にあるけど、公《おおやけ》になったことでこそする必要がなくなったのは悪くないなと思ってる。そもそもオレの性格に合ってなかったし」

うなじの噛み痕を隠していること、いつかは絶対にバレるだろうと考えながら生活することは、実は紗和にとってかなりのストレスだったのだ。

「紗和、紗和にとって全てが納得できないってことは本当にちゃんと理解してるんだ」

「はぁ」

真面目な顔付きで急に司がそんなことを言い出す。

「この間、愛していると、そう言ったが」

「はぁ?」

そしてその至極真面目な表情のまま、司は紗和が一番思い出したくない話をし始めた。

この男ときたら、公共の電波を使って紗和に愛の言葉を垂れ流したのである。

「あの言葉に偽りはない」

「……いや、いつの間に生まれたんだよ、その愛は」

紗和はもうずっと司を拒絶してきた。発情期にこそ身体を重ねていたが、それも手っ取り早く症状を抑えるために渋々のことだった。困った時にだけ、司を利用していたのだ。今までの言動を振り返っても好かれる要素などどこにもないように思う。

「紗和は仕事に誇りを持っていて、あらゆる努力を惜しまない。どんな逆境でも折れずにいようと踏ん張ってみせる。そういうところをこの数か月間近で見てきて尊敬の念を抱いたし、好きだと思った。でも同時に、そんな風に自分に厳しく生きている紗和のことが心配でもあるんだ。紗和が辛い時には支えになりたい。弱音を零したり、甘えたりしてもらえる存在になりたいと思う。これが愛情でなければ、何だ？」

「………いや、知りませんけども」

何だかすごいことを言われている気がした。臆面もなく、滔々《とうとう》と愛の中身について語られ、さすがの紗和もこれにはじわじわと頬が火照る。

口から出まかせではない。そういうことができる男ではない。本当にそう思っているからこその言葉だと司の人となりから分かるから、紗和は面映ゆさにそっぽを向いた。

というか普段あれだけ悪態吐かれてるのに、それでもこんな好意的に人を見られるなんてすごいな、と混乱した頭の片隅で考える。

「あの時口にした言葉は生半可な覚悟じゃない」

突如司がソファから立ち上がり、リビングの壁際にあるオシャレな棚の引き出しから紙切れを取り出してきた。

「うっわ」

机の上に広げられたそれは、婚姻届。それも、司の方の欄が記入済みの物である。証人の欄には、犬飼の苗字が二つ並んでいた。玲と美琴、と書いてある。いつぞやお世話になった男の顔が紗和の頭に浮かぶ。犬飼本人と、その妻にでも書いてもらったのだろう。

正直、紗和はドン引きした。

「……あのさ、オレの話聞いてた？　聞いてたなら、詰めてくる距離感間違えてると思わない？　これのもっともっと手前の、ほんの小さな歩み寄りの話をしてるんだよ、オレは。これじゃ一気にゴール決めに掛かってるみたいなもんだろ。そもそもオレは絶対に宮永の駒にはならな――」

「書かなくていい」

「はい？」

書いてほしいから、こんな物があるのではないのか。

書かなくていいなら、そもそも用意する必要がないのでは？

相変わらず理解に苦しむ男だなと紗和が思っていると、司は淡々と説明し始めた。

「今は、書かなくていい。書く気にならないと思う。これは、単に俺の言っていることが口先だけではないと示すためのものだ」

世の中には仮面夫婦という言葉があって、婚姻を結んでいてもその中身がてんで伴っていないことなどいくらでもある。でも多分、この男の考える〝婚姻〟は、ずっしり中身の詰まったものだろう。紗和と生活を、人生を共にする気なのだ。

「紗和の記入が必要なところ以外は全部埋まってる。これをさっきの引き出しに入れておくから、いつでも好きにしていい」

「……好きにって？」

「結婚してもいいと思えたら、その時は紗和のタイミングで出してほしい」

今まで紗和は司を親の言いなりになっている、主体性のない男だと思っていた。

でも少し、その考えが変わる。

宮永司はそこらで見掛けるαとは違う。Ωであることで生じるリスクを心配はしても、忌避したり見下すようなことはしない。紗和がどういう人間なのか、その〝個〟をきちんと見ようとする。αなんてこんなものだと自分の尺度で司を測っていたら、何か大きな読み違えをしてしまう気がしてきた。

テーブルの上に広げられた婚姻届の、空欄を見つめる。

「これ、一生出す気にならない可能性が濃厚ですけど。箪笥の肥やしまっしぐらですけど」

「それでもいい。それが紗和の判断なら、受け入れる」

「破って、そのうちに捨てるかもよ」

「それも紗和の自由だ」

「………」

白信があるからこその発言か、真実紗和を愛しているから全てを差し出し、委ねられるのか。

「引くわ〜、えー、いや、マジで……？」

いきなり婚姻届はないと、紗和は呆れ返って溜め息を吐いた。前から思っていたが、やはり司はちょっとズレている。

「いや、でもまぁ、分かった。お前の好きにすれば。そこの引き出しに入れとけばいいよ。出したくなんか、絶対ならないと思うけど」

「コレの存在だけ、覚えておいてくれればそれでいい」

司は殊勝なことを言って婚姻届を引き出しにしまった。

紗和も分かってはいるのだ。今しばらくはこのαと関わりを絶つことはできそうにないのだから、双方落ち着ける形を探す必要が確かにある。

ウチのαは趣味と察しと諦めが悪い

「っはぁあぁああ」

溜め息を吐くと幸福が逃げる？　逃げればいいんでないだろうか。吐きたい時に溜め息を吐けないことの方が、不幸な気もするし。

ヤケクソ気味にそう思いながら、紗和《さわ》は、しばらくは再訪の機会などないだろうと思っていた、司《つかさ》のマンションに足を踏み入れた。

「何でオレがわざわざこんなこと……」

コンシェルジュのいるマンションなんて、やっぱり慣れない。すれ違う住人の視線も気になって落ち着かない。

それなのに紗和がこんなところにいるのは、先ほど犬飼《いぬかい》から掛かってきた一本の電話が原因だった。

「出るんじゃなかった。看病しに来いとかそんな……」

突然の連絡は、司が倒れたというものだった。それを聞いてさすがに紗和も人並みに心配したが、次に浮かんだのは〝病院に連れてって医者にお任せするべきでは〟以外には何もなかった。

だが病院にはもう連れていったらしい。医者からは家で安静にするようにと指示が出た、ストレスからくる発熱らしい、最近はオーバーワーク気味だったと犬飼は言っていた。

それは大変だ、ぜひゆっくり養生するよう伝えてくれ、と言って紗和は電話を切ろうとしたのだが、そう上手くはいかなかった。

丁度紗和を自宅に送り届けるため運転していた加賀見《かがみ》が、やり取りを耳にして差し入れくらいはしたらなんて言い出し、あれよあれよと言う間にコンビニ経由で紗和はここまで送り届けられてしまった。

「加賀見さん、最近どっちの味方か分からないよな。いや、前提はオレ寄りなんだけど、でも妙にアイツと繋がってたりするし……」

とにかく気乗りしない。家族に来てもらうなり、宮永《みやなが》の家なら家族は忙しくともお手伝いさんに来てもらうなり、人手はいくらでもあるだろう。そうも思ったが、ここまで来てしまったのなら仕方がない、最短でお見舞いをこなして、ご負担にならないうちに撤退しようと決意して紗和は先日司から押し付けられていたカードキーで玄関の鍵を開錠した。

「お邪魔しますよ、はぁ……」

溜め息を吐きながら、まだ慣れない司の家に上がり込む。

洗面所を借りてしっかりと手を洗い、綺麗に片付いたキッチンに入って冷蔵庫を覗けば、いくらか食材はあったが、空いているスペースの方が目立った。ただ、調味料類は充実しているので、自炊しているか、ハウスキーパーを雇うかはしているのだろう。鍋や食器もきちんと揃っていて、あれが足りないこれが足りないと困ることはなかった。

「まぁこんなもんか」

お粥とゼリー、水とスポーツドリンク、それから解熱剤。それらを盆に載せて寝室を覗けば、司は大人しく横になっていた。

症状は熱だけらしいが、試しに計ってみたら九度近くあってなかなかの高熱だった。

「おい、生きてるか」

「……生きてる。本当に、来たのか」

声を掛けると、普段とは違う明らかに弱った小さな声が返ってくる。冷却シートを貼っているのにこめかみには汗が滲み、呼吸は少し荒かった。

「来たかった訳じゃないけど仕方なくな。食欲は？　粥かゼリーか、イケそうな方どっちか胃に入れて、薬。食べれないんだったら最低限水分補給」

もそもそと動き出したので、食事はできるのかもしれない。紗和がサイドテーブルに盆を置くと、司はまじまじと皿の中身を眺め出した。

「紗和が作った粥……」

「残念、レトルトです」

「紗和が温めた粥……」

何だか発言がいつにも増して気持ち悪いな？　と思ったが、病人相手なので口には出さないでおく。

「食べるなら、食べる。無理なら水分」

スプーンとペットボトルの蓋を開けたスポーツドリンクを差し出すとスプーンを選んで食べ始めたので、一度紗和は部屋を出た。

ストック用のスポーツドリンクとレトルトのお粥、ゼリー、野菜ジュース、お湯を注ぐだけで済むフリーズドライのあれこれ。買ってきた物を整理する。

「食べれたか？」

しばらくしてから様子を見に行けば、粥も薬もちゃんと胃に入れたようだった。

「絶妙な、温め具合だった」

「あっそ」

別に褒めてくれる必要はない。しかも温め具合で。

「冷却シート。ほら、新しいの」

紗和はフィルムまで捲って差し出したが、司は腕を動かすのも辛そうにする。

「……はぁ」

なんでオレがここまで甲斐甲斐しい真似を、という思いをグッと堪えてぬるくなったシートを額から引き剝がし、新しい物をぺちっとセッティングした。

それにしても看病ってどこまでしないといけないのだろう。まさか、熱がすっかり下がるまで？　明日はレッスンが入ってるのにそれは困ると考えていると、病人が何やらもご

もご喋り出した。

「……たい」

掠れた声は聞き取りにくい。何だよ、と問うように紗和はその顔を覗き込む。

「……俺が看病したい」

「はぁ？」

「俺が、看病したかった」

司は訳の分からないことを言い出した。

「何言ってんだ。熱出て頭茹だってるんじゃねぇの」

病人本人が看病したいとは一体どういうことだ。

「自分で自分を看病したかったって？　無理そうだから渋々オレが看てるんだろーが」

「……違う。俺が、お前の看病を、したかったんだ」

が、司の言うことはますます混迷を極める。

「あのな、よく聞け。熱があるのはお前、オレはすこぶる健康。なんで病人が健康な人間の看病するんだ、おかしいだろ。相当熱にやられてるな。もうマジでホント寝とけ」

「おかしくなんかない！」

「うわっ⁉」

布団を掛け直し、サービスで肩までポンポンしてやって、さぁ引き上げようと踵を返しかけたら急に司は跳ね起きた。

「……俺はお前の看病をしたいし、日頃からお世話をしたいし、発情期でなくとも存分に甘やかしたいと常々言っている！」

「言ってねーよ！」

思わず紗和は渾身のツッコミを入れる。

「なのに、なのにお前ときたら……」

だが紗和の困惑をよそにわっと司は頭を抱えた。

本日のα様は感情表現豊かだ。いや、情緒不安定と言うべきか。こんなに感情を顕わにする司を、紗和は初めて見た。

「全部自分でやってしまう。俺に何もさせない。番なのに、番、そう番……」

だが、後半になるにつれ独白じみた危うい雰囲気になってきたので、これはもう駄目だと紗和は強引に司を布団の中に押し込んだ。触れた肩はやたらに熱くて、これだけ熱ければ何かしら妙なことを口走ってもおかしくないかもしれない。

「なぁ、よく分かんないけどお前本当に熱ヤバイよ。いいから寝ろ、寝てしまえ、寝れば頭もスッキリするはずだから、な」

「紗和、そうじゃない、俺が本当は」

「い・い・か・ら・寝・ろ」

果てのない押し問答になりそうな気配にげんなりする。相手をするのは大変だし、こんなところで減っている体力を消耗させたら余計に治りが遅くなる。紗和は退散あるのみと素早く空の皿とコップが載ったお盆を手に取った。

「……そもそも、こんな風に倒れる前に誰かにもう少し頼ったりできないのかよ」

紗和の口から漏れた呟きは、ほとんど無意識の内に零れ出たものだった。

過労だと犬飼は言っていた。αで、しかも創業家の一員という立場。責任が重い仕事をしていたり、そもそもの期待が大きいだろうことは紗和にだって想像がつく。だが、そこそこの立場にいれば部下に仕事を振るなど、その辺りの裁量も持っていそうなものだ。

「……俺には、せきにんが」

小さな呟きをちゃんと聞いていたのか、覇気のない声が返ってきた。

「またそれか」

呆れた、と溜め息を吐く。

もはや〝責任〟は司の口癖だ。日頃紗和に対しても向ける言葉だが、仕事でもその単語とは縁が切れないらしい。

「そりゃまぁ仕事に責任はつきものだし、しっかり果たすべきだと思うけど。お前、オレのこと含め人生全て〝責任〟に動かされて生きてる訳？　理解できねーと言うか、窮屈すぎて窒息しそうだな……」

もちろん、紗和にだって責任感はある。プライドと責任感で仕事をしていると言っても過言ではない。だが、こんな風に四角四面にギチギチな生き方はしていない。多分この男は果たすべき責任のためならプライドも手放せるし、誰かに押し付けるようなこともしない。

「……さわとのことは、確かに、せきにんが」

司はまだもごもご言う。ほとんどもううわ言みたいなものだ。

「無理して喋んな。しんどいんだろ、もう寝とけ。あと今言ってもというか、いつ言っても意味ないだろうけど、オレは責任とやらでお前なんかに面倒見てもらわなくても結構です。こんな風に倒れるくらいなら、オレに頻繁に会いに来たり連絡入れたりするなよ。その時間を休息に回せ。そうすればお互いwin-winだろ」

「せきにん、もあるが」

重そうに瞼《まぶた》を持ち上げ、司が紗和を見つめる。

「すきだから、会いに行きたいし、面倒もみ、たい……」

「……はい？」

言うだけ言うと、司の呼吸がそのますますうっと深くなる。やっと眠りに落ちたらしい。

すき。スキ。好き。——好き？

「……もしかしてわざわざ会いに来るのも、マメすぎる連絡も、す、好きだから……？」

司の行動の全てには、根本に責任感があるのだと思っていた。愛している発言も、どこか信じてないところがあった。だって元々政略結婚で、相手が誰でもこの男は受け入れる気でいたのだ。紗和でなくても良かった訳で。

でも、と、司の寝顔を眺める。始まりはそうでも、今はもう違うのかもしれない。

「愛してるとか、好きだとか、臆面もなく恥ずかしいヤツだな……」

頬が熱い気もしたが、司がクサいことを言うからだ、と呟いて、紗和は今度こそ部屋を後にした。

洗い物から洗剤の泡を流すのと一緒に、先ほどの熱に浮かされた司の発言も流してしまいたい。気にしなければいいだけなのに、何故か紗和の頭の中で〝好き〟の二文字がずっとぐるぐるしていた。

好意を向けられたからと言って、急に気持ちが変化することはない。結婚なんてしたくないし、番だって解消したい。でもそこにあるのが本当の本当に純粋な好意なのだと実感すると、少しやりにくいなと感じてしまう自分がいた。責任感だけで司が動いていると思っていた時の方が、ずっと簡単に否定できたのに、と。

「今できることはもうしたし、さっさと帰ろ……」

書き置きでも残しておけば十分だろうと、メモに使えるものを探してリビングを見回していた紗和の目に、ふと書棚に並んでいた一冊の本が飛び込んでくる。

「え、これ、プレミアついてるやつじゃん……！」

デビューして間もない頃に紗和が出した写真集だった。今ではもう絶版で、部数が少ないこともあり、ファンの間ではかなりの値が付いている入手困難な代物だ。

「どうやって……まさか転売ヤーと取り引きしてないだろーな。ってうわ、しかもここら辺全部オレが出てるのじゃん。オレのＳＮＳもしれっとフォローしてるらしいし。でもどれがアイツのアカウントか分からないからブロックもできないんだよな」

本棚に並ぶ雑誌は知り合う前に出た物も多いので、司が紗和を知ろうとして集めたのかもしれない。

「……やめろって言っても増えていくんだろうな」

最新の雑誌の背表紙を見つめながら、紗和は呟く。

「オレも少しはアイツのことを知るべきなのかも……ん？」

色々と考えていると、不意にコール音が静寂を破った。

「あぁ、家電《いえでん》置いてるのか、あいつ」

振り返れば、壁際に置かれた背の低い棚の上に電話機があった。一人暮らしを始めてからはスマホがあれば事足りるので、触ることがなくなった。懐かしい感じすらする。

鳴ってはいるが、家人でもない自分が出る訳にはいかない。大切な用事ならまた掛けてくるだろうと思ったところで、留守番電話の定型メッセージが流れ出した。そうだ、折り返し連絡がほしければ、きちんとメッセージを残すだろう。

『司、まさか居留守を決め込んでいるんじゃないでしょうね』

メッセージが残るなら何も気にすることはないと思った紗和だったが、どこか棘を感じさせる女性の声に、思わず電話の方を凝視する。他人宛てのメッセージなのだから聞くべきじゃないと思うのに、何故か足が動かなかった。

『最近携帯に掛けてもロクに返事もしないじゃない。いつまでものらりくらりと躱せると思っているなら甘いわよ。いいから早く婚姻届を出しなさいな』

「！」

司宛てに掛かってきた電話だ。紗和宛てのメッセージではない。でもこれは、自分にも関わりのある話だ。

『ネットに写真が流出した件で、あなたの方の身元も割れ始めてるのよ。この間食事会の時に高坂家の奥さんから色々聞かれて……ほら、あの人噂好きだから。式はいつとかあれこれ聞かれて。大きな家には、煩わしくとも体面やら信用やら色々あるの。早くきちんと結婚して形を整えなさい。紙切れ一枚のことでしょう』

開いた口が塞がらない。紗和は電話の向こうの司の母親らしき人物の人間性を、心から疑った。

『あの人も勝手を貫くつもりなら他で成果を示せとか言って、あなたに負債の大きいブライダル事業の立て直しを課したけれど、あれも無理難題を吹っ掛けているんだって分かっているでしょう。それでなくとも宮永の人間として持っている仕事は多いのに、さらに業績の悪い事業を短期V字回復させるだなんて、あなたがいくら優秀であろうと、身体は一つしかないんだから限界ってものがあるわよ。土台、無理な話なのよ』

「……は？」

しかしここでまた聞いたこともない話が出てきて、相手の顔が見える訳でもないのに紗和はまじまじと電話機を見つめた。

勝手を貫くとは、司と紗和が結婚しないままでいることを指しているのだろう。

『私達もあなたに健康を損なってほしい訳じゃないの。どうしてそういらない意地を張るの。あなたは相手の気持ち相手の気持ちと言うけれど、相手はあなたの気持ちや身体のことを考えてくれてるの？　とにかく、体調を崩したりする前に早く届けを出しなさい。大きな家に生まれると言うことは、好きにできることがある分、それと同じかそれ以上に義務や役割があるものよ。皆そうなの。相手にはきちんと宮永姓になってもらって、家庭を築いて、そう、子どものこととか色々とあるでしょう。これ以上、自分のためにならないことは続けないで。いいわね？』

言っていることがほとんど理解できない。勝手がすぎないだろうか。紗和があんぐりと口を開けているうちに、電話は切れてしまっていた。

「何、今の？」

世間体が悪いから、早く婚姻届を出せと言われている。届けを出したら、次はきっと式を挙げろとか言い出す。しかも最後の方には子どもがどうとまで言っていたことに、紗和は眩暈《めまい》と強い拒絶を覚えた。当然、結婚なんてすればモデルの仕事にも口を出されるだろうし、宮永の家のあれこれに付き合うよう要求されるだろう。冗談じゃない、と紗和は身震いする。

「滅茶苦茶すぎる」

なのに極めつけは〝あなたに健康を損なってほしい訳じゃないの〟ときた。

今まさに司が過労で倒れているのは、どう考えても親からの無茶ぶりのせいだろう。原因が言うセリフじゃない。

どういう家庭環境なのだ、とツッコミたくなって、そうか、こういうことを自分は今まで全く知ろうとしてこなかったのだなと気付く。

「そりゃまぁ、どんな話を聞いても、オレには宮永家の言うこと聞く義理なんてないし、お前の家のために絶対何もしたくないってその決意は変わらないけど。でもこれ、お前に対しても理不尽すぎる内容じゃないか？」

なのに司は馬鹿真面目に要求されたことに応えようとしているのだ。

紗和には全く理解ができないが、そう長くない付き合いでも分かる。司は拒むということをあまり知らない。できそうならば、やればいいと引き受けるところがある。紗和との見合い話が最たる例だ。

司がそういう性質《たち》の人間なのか。育った環境がそうさせているのか。

「……色々突っぱねてるのは確かにこっちだけど。お前の家のことなんか知るかって言ったりもしたけど」

過労で倒れるほど働いて、なのに紗和の記憶によれば、少なくとも週に一回は司は紗和の様子を見に来ていた。当然、疲労や親からの圧を気取らせたことは一切ない。

〝好きだから〟とついさっき言われた言葉がまた脳裏に蘇った。

「好きだから、オレのためにこんな無茶してるって言うのか？」

頼んでないとか、何でもかんでも従うなとか、そんなに忙しいなら会いに来るなとか、そういう思いが浮かばない訳じゃない。

「なんか、なんかそんなの……」

けれどそれとは別に胸のうちが何だかもぞもぞする。その感覚を、上手く言語化できなくて紗和は頭を抱えてその場にしゃがみ込んだ。

「うがーっ！　こっちはやっとこさ目の前にいる男とどう折り合いつけてくか、考え始めたところなのに！」

寝室の扉をじっと見つめる。その向こうで身体を休めている男は、紗和のためならきっとどんな無茶でもしてしまう。だって紗和のことを〝愛している〟らしいから。


明かりをすっかり落とした部屋には、電化製品の駆動音だけが微かに響く。浅い眠りをつらつらと繰り返していた紗和の意識は、玄関のドアロックが開錠するそのちょっとした音で浮上した。

「…………」

リビングと廊下を隔てる扉が開かれ、空気の流れが僅かに変わる。紗和は瞼を閉じたままでいるので、相手の様子は分からない。

次に感じたのはやわらかな光。リビングではなく、きっとダイニングかキッチンの明かりだけを点けたのだろう。こっそり瞼を持ち上げると、壁掛け時計は日付を跨いで深夜であることを教えてくれた。明かりはやはり、キッチンから漏れてきたものだった。

「……これは、まさか」

聞こえてきた呟きは、コンロの鍋を見てのものだろう。涼しくなってきたので大丈夫かと、そのままにしていた。鍋には蓋がしてあるが、ガラス製なので中身を覗ける。そこにポトフが残っているのは一目瞭然だ。今日の紗和の夕食だった。

　足音が近付いてくる気配がして、紗和は慌ててまた瞼を閉じる。

「こんなところで寝て、身体を痛めたらどうするんだ」

　こんなところ――リビングソファーのことだが、高級ソファーは硬くもないし、紗和の体型だとはみ出すこともない。言うほど悪い寝心地ではなかった。発情期以外で司のベッドを使いたくないので、ソファーをベッド代わりにしているのは妥当な選択だ。

　そう、紗和は今日、司の家を訪れていた。呼ばれたのでも誰に頼まれたのでもなくこの部屋を訪れたのは初めてのことだった。しかも発情期でもないのに泊まっているとなると、これはもう異常事態とも言える。

　司の気配は、なかなか傍から離れる様子がない。

「天使の寝顔だな……」

「………………あのなぁ」

　あまりの視線のうるささと妙に甘い声音に耐えられなくなり、紗和は狸寝入りを諦めた。

「すまない、起こしてしまったか。泊まるなら、寝室を使ってくれて良かったのに」

　薄暗い中、司をまじまじと眺めてみた紗和だったが、こんな夜中に帰ってきた割にはスーツも顔もくたびれた様子はなかった。まぁコイツ、あんまり顔に出るタイプではないからなと思いながら、身体を起こす。

「泊まるつもりじゃなかったけど、そっちの帰りが遅かったからそうなっただけ。それからお前と一緒のベッドはお断りする。お高いソファなので寝心地は十分だし。……それにしても遅いな。いつもこうなのか」

「こういう日もたまにはある、という程度だ。いつもじゃない」

普段通りの声音ですらすらと、表情も変えずに司はそう答えた。

「……ふーん」

犬飼の事前情報や留守電の件がなかったら、その言葉をそのまま鵜呑みにしていたかもしれない。紗和は些細な違いから何かに気付けるほど、司の生態には詳しくないのだから。

嘘は平気な顔で吐いた司だったが、段々とそわそわした様子を見せ始めた。紗和が自宅に泊まっているという状況に慣れないらしい。

「あの、紗和、コンロのあれはもしかすると」

キッチンの方にもしきりに視線を遣っているなと思ったら、やはりわざとらしく残していたあの鍋が気になるようだった。

「夕食の残り」

紗和は用意していた答えを簡潔に述べた。

嘘ではない。本当のことだ。アレは紗和の夕食の残りだ。もう一人分くらいにはなりそうな量が残っているが、それは偶然のことなのである。一人分の食事を作るというのは、案外分量が難しい。野菜でも肉でも魚でも、一人で食べきるには多い単位ばかり。でもパックを開けたり、切ったりしてしまったら、やはり早めに使い切るのが鮮度的には良い。だから結果的に、どうしても量が多くなる。それだけのこと。

「……俺がもらっても？」

「こんな時間に太るぞ」

残り物なので、まぁお裾分けしてやっても紗和としては問題ない。司は、嬉しそうにほんのり口角を上げた。

「夕飯を食べ逃してるんだ。食べていいなら有難い」

「あっそ」

手を洗ってくると司が一旦リビングを出ていく。紗和は数秒ソファに凭れ掛かったままでいたが、気合を入れてキッチンまで移動し、ＩＨの電源をＯＮにして鍋を温め始めた。

「紗和、そんなことは自分でやる」

もちろん司がすぐに飛んできたが、

「うるさい、さっさとシャワー浴びて来い」

とぴしゃりと言うと、嬉しさと驚きが綯い交ぜになった顔のまま大人しくその指示に従った。だが別に優しさからの行動ではない。シャワーを浴びている間に温めておけば、その分時間が節約できて効率的だというだけだ。

大きなソーセージが入ったポトフとサラダ、付け合わせの玉ねぎのピクルスと白米。手早くシャワーを済ませてきた司がダイニングテーブルの席に着いたのに合わせ、紗和も向かいに腰掛ける。食事は済ませているから、その手にあるのは温かいほうじ茶だ。司は紗和の意図が読めないようで困惑していたが、そのうちに〝いただきます〟と大人しく食事を始めた。

「ところで何かあったのか」

司がそう訊ねてきたのは、食事を終えたタイミングだった。

「訊きたいことがあるんだけど」

温くなってきたほうじ茶を飲み干してから、紗和は口を開く。

「お前、家で立場弱いの?」

「――いや?」

いきなりの質問に、司は間の抜けた顔をした。今まで紗和が司個人のことを気にしたことなどなかったので、そういう表情になるのも分からなくはない。

「別にそうでもないが。どうしてそんな風に思ったんだ?」

「それはまぁ、色々。でも一番の理由を挙げるなら、親に言われてのこのこ見合いの席に現れて、誰が相手だろうとそもそも断る気がなかったってところ。理解に苦しむって思ってたけど、家の中で滅茶苦茶に立場が弱いなら、反抗できないこともあるのかなとふと思って」

そう言うと、司はなるほどと頷いた。

「……立場は弱くない。ただ、割に放任されていたかもしれない」

しかし返ってきた答えは紗和の想定を否定するものだった。だが、自分の立場が弱いなんて申告は、進んでしたいものでもない。素直に答えていない可能性もあったが、いや待てよ、コイツが自分のことに鈍感で自覚がないだけかも、とふと紗和は思った。可能性としては十分あり得る気がした。

「紗和に話したかどうか覚えていないが、ウチは二人兄弟なんだ。上に兄がいる」

少し考え込んでから、司はそう話し出した。

「兄？　ふーん」

「当然兄が跡取りなんだが、まぁ特に問題もない優秀な人だから、期待とか関心とかが割とそっちに集中していたところはあるな。別にネグレクトや虐待されてたって話じゃないぞ。ただ、兄と比べたら多少の温度差はあったと思う」

「そういうのが原因で、グレなかった訳？」

「そういうのもなかったな。家が家だから、半ば当たり前に思っていたし」

司の返答はあっさりしている。きっと司にとっては、見合いも政略結婚も同じように〝家が家だから当たり前〟のことだったのだろう。紗和は親の言いなりになっているように見える司の生き方がずっと理解できずにいたが、育ってきた環境がここまで違うとそもそも自分とは感覚が合わなくても当然かと納得がいく。

「幼少期は寂しいと思ったこともあったかもしれないが、それもまぁ今となってはよく覚えていない。両親は多忙だから直接構ってもらうことは少なかったが、頼めば大抵のことは叶えられた。贅沢な環境だ。……こういう言い方をすると、紗和はきっと信じられないと、嫌な顔をするんだろうが」

「なんだよ」

「兄が宮永を継いでいくのに必要な全てを持っていた。次男の自分は、立場的にもしもの時のスペアだ」

「――――」

紗和は司の言った通り、思いきり顔を顰めた。

跡継ぎ問題を前にすれば、スペアという考えも出てくるものかもしれない。けれど本人が子どもの頃から自分をそんな風に認識していて、今もそのままだと言うなら、それはとても不健全なことだ。なのに淡々と〝スペア〟だなんて言ってしまえる司に、紗和はもどかしさを覚える。

「最低限優秀であれば、多分十分だった」

どうかしている。

その言葉は寸前で呑み込む。司に向けても仕方がない。

「そう、贅沢なんだ。紗和は分からないという顔をよくするが、恵まれた環境を存分に利用して生きてきた分、自分には役割や義務があると思っている。もちろん、何もかもを受け入れられる訳じゃない。結婚も、どんな相手でも本当に構わなかったのかと言われると、そうではないだろうが……だが宮永の人間として生まれた以上、避けられないことはあると覚悟して生きてきた」

「……真面目すぎて、コメントしづらい。敢えて言うなら、オレだったら息が詰まって死にそうってことくらい」

生まれてきた環境、生活レベル、周りの人間、色んなものに人は影響されて成長していく。

今でこそ仲を違えているとは言え、紗和は弟と一緒に可愛がられて育ってきた。与えられる愛情は何かと引き替えではなかったし、紗和がΩでも弟との間に一切の扱いの差はなかった。モデルの仕事をすると決めた時も心配こそされたが、会社のことは気にしなくていい、やりたいことをやっていいと背中を押してもらえたのだ。自分のことを家や会社のための駒だと思ったことが、紗和には一度もない。

司があまりに違う世界で生きてきたことを、改めて実感する。どちらが正しいとかそういう話ではない。ただ、離れすぎていて理解や共感が難しい部分も多いのが事実だ。

「……俺にはきっと、適正があったんだろうな。与えられた環境を、淡々と受け入れてしまえる。家や仕事をそれほど辛いと思ったことはなかった。仕事も成果が出ることにやりがいを感じているし、子どもの頃に何か特別に抱いた夢なんかもなかったから、わざわざ反発したり飛び出したりする必要がなかった。こだわりがない訳じゃないんだが、俺がこだわるところが家に影響を与えるようなものじゃなかったのも、運が良かったんだろうな」

司の言うことが嘘偽りない事実なら、確かにそれは幸いだったのかもしれない。だが無意識の内に抑圧されて、自身を環境に合わせているだけのようにも紗和には思えた。

「兄と比べると、少し愛情の欠けた環境だったかもしれない。だが、兄が背負った期待は、そのままプレッシャーにもなる。表では何てことないように全てをこなしている兄だが、見えないところで苦悩してきたのかもしれない。気楽な立場に生まれて、きっとこれで良かったと、俺自身はそう思えている」

司は確かに野心やギラギラした欲を持っているタイプには見えないので、次男という立場は合っているのだろう。

自分の生い立ちに、それなりに満足しているのは分かった。

「今は？」

「ん？」

「今もその〝贅沢〟とか〝恵まれた環境〟とか〝運の良い状態〟は続いてるのかよ」

「……まぁ、それなりに」

そう答えるだろうなと予想はしていたが、実際言われるとムカッとしてしまった。そんな訳がない。これ見よがしに紗和は大きな溜め息を吐く。

「この間、お前が倒れた時のことだけど」

「あぁ、その節はすまなかった。来てくれて、すごく助かった」

この男は、ずるいのだ。紗和のことを支えたい、頼ってほしい、甘えてほしいと言うクセに、逆はない。裏で自分ばかりが犠牲になる選択をする。知らせるべきではないと勝手に判断したことから紗和を遠ざけ、それで守った気になっている。だが、紗和はそんなことをされて喜ぶ人間ではない。

言い逃れができないように、ど真ん中に切り込んだ。

「あの時、色々後片付けとかしてる最中に電話が掛かってきて。留守電のメッセージ、聞いちゃったというか、聞こえちゃったんだよな」

言った瞬間、司の顔色が変わる。視線がぎこちなく電話台の方に向けられるが、今さら紗和が聞いてしまった事実を消すことはできない。

「正直な話、お前の親のことやべーと思った」

「紗和、あれは……」

言い訳のしようもないのだろう、司は深い溜め息を吐いた。

「滅茶苦茶だろ。そりゃ、大財閥にはオレなんかが考えもつかない苦労とかしがらみがあると思うよ。個よりも家を優先せざるを得ない場面とか、経済が大きく動くような付き合いとか。でもそういうのを考慮しても、やっぱりどうかと思う。……お前が律儀に親の要求に従ってるのは何でな訳？　無視していいレベルだろ、あんなの」

「………………」

沈黙が重い。

司のことを反抗を知らない男だと思っていたが、ここでふと、そうではなく、反抗できないほどの何かを突き付けられているのではという考えが浮かんだ。例えば、この男に効くとしたら……と想像して嫌な可能性に思い当たる。

「……もしかして、要求に応えないとオレのこと、圧力掛けて仕事干すとか言われてる？」

「そんなことは、言われていない」

だが、これには強い否定が返ってきた。

「……オレは政略結婚のことも番のことも納得してないし、別にお前と好き合ってる訳でもないんだから、この件で得するヤツらの言いなりになるつもりは一切ない。これ以上犠牲になるのはごめんだ。でも、だからって、お前一人がその不利益を被るのはいくらなんでもおかしいだろ」

「真っ先に不利益を被ったのは紗和だ」

「それを言われると、当然そうなんだけど……！」

紗和はじれったくて吠えた。今はそういう話はしていない。

「何か知らないけど、無理難題突き付けられてるんだろ。初めから片方しか選ばせる気がないやつじゃん。いくらオレがお前とただのビジネス番だって言っても、無理したお前に過労死とかされちゃさすがに寝覚めが悪いし、この間みたいに倒れられて看病押し付けられるのもごめんだ。あと、そうやって知らないところで矢面に立たれてさ、お前に守られてるみたいな形になるのはすごく不本意」

真面目な話をしているのに、何故か司はふっと口許を綻ばせた。

「何だ、その顔は！」

「いや、紗和は好悪のラインがはっきりしてるだけで、根は気遣い屋で気にしいだな、と」

「はぁ⁉」

何を言っているのか訳が分からなかったが、はぐらかすなと言うより先に司が話を戻した。

「紗和、向こうは条件を提示してきている。確かに簡単なことじゃないが、俺はできないとは思っていない。やり遂げれば俺達の婚姻を急かさないと、文書でも残る形でやりとりをしている」

「いや、そんな簡単なことじゃないだろ」

司の母親も言っていた。無理難題を吹っ掛けているのだと。端から達成できない目標を設定されているのだ。

「もちろん、それはそうだ。多少無理をしている自覚はある。でも、時には無理も必要だ。踏ん張りどころなんだよ。迷惑は掛けないようにする」

「迷惑とか、そういう話じゃなくてだな……」

実際、司は過労で倒れたのだ。既に有言不実行の身なのだから、紗和から見れば全く信用がない。

「じゃああれだ、今日みたいに午前様になるくらいの状況なんだから、わざわざ意味もなくオレに会いに来たり連絡するのをやめろ。無駄な時間は削れ。オレの方も会わなくて済むならその方が心穏やかだし！」

能力があっても、体力や時間は限られている。人間の身体は過ぎた無茶をすれば壊れる。

「心配してくれるのは嬉しいが、それは困る。紗和との時間は、俺にとって唯一の癒しなんだ」

「はぁっ⁉　癒し？　気持ち悪いこと言うな。それに、心配なんかしてない。そういう話じゃない。効率の話というか、誰にでも一日は二十四時間しかないんだからって話で。こんなこと続けてたら死ぬぞ。今回要求に応えられたとしても、また次、次って迫ってくるのが見える」

　紗和が眉間にシワを刻みながら言えば、そうだなぁと司は少しだけ考える素振りをみせてから、なんてことないように口にした。

「その時は、宮永を捨てるしかないな」

「は」

「紗和と今後穏やかに暮らすために必要なら、選択肢の一つになる。いっそ手の伸びてこなさそうな海外まで行くのはどうだ？」

　振り切れた提案に口をぱくぱくさせる紗和に、司は珍しく冗談っぽく笑ってみせる。

「はぁあ？　何でわざわざお前と海外まで逃亡しなきゃならないんだよ⁉　第一、オレはあの婚姻届だってこれっぽっちも出す気はないんだからな！」

　ちゃっかり一緒に暮らす気でいるのに気付いて紗和がそう凄んでも、司は変わらず口許に笑みを浮かべていた。

これは別に、甘ったるい感じのイベントではない。違うったら違う。敢えて言葉を当てはめるなら監視。

言い訳を心の中で繰り返しながら、紗和はキッチンで作業を続ける。

「ただいま」

家主である司がリビング・ダイニングに顔を出したのは、午後八時過ぎだった。ここ最近の司にしては奇跡的に早い帰宅だ。

「………………」

紗和はちらりと視線を向けたが、うんともすんとも言わなかった。それでも、司はえらく嬉しそうな顔をする。家に帰ってきたら番がいて、しかも夕飯を作っているなんて夢のような暮らしだと言いたげな、満足気な表情だった。

違う、勘違いするな、そういうやつじゃない、と紗和は訂正を入れたかったが、その前に司がカウンターに載せられた皿を見て口を開く。

「鶏のグリル？　美味しそうだな」

「……出来合いだけどな」

「もしかして、紗和も帰ってきたばかりなのか？」

「三十分くらい前だよ。作るのもう面倒だったから」

なので、実際紗和が作ったのはスープとサラダくらいだ。大した手は掛けていない。

「手洗い・うがい」

短く命じられると、司は大人しくそれに従い回れ右をして洗面所へ姿を消した。

紗和はこのところ、仕方がないので仕事の合間を縫って司の家を訪れている。こうでもしないと、司が無理に時間を捻出して紗和の家にやってくるからだ。

何を言っても紗和と会うことをやめようとしない司を見て、コイツは駄目だと判断を下したのだ。玄関先で拒むのは簡単だが、会わなかったとしても司が余計な労力を使って紗和の自宅まで来て、時間を無駄にしていることには変わりはない。

苦渋の決断だった。でも自分の身体を司が過信して省みないのだから仕方がない。

頻度は週に一度くらい。発情期に薬が効きにくい今、番である司の身体が必要なこともある、これも自分のためとそう言い聞かせることで自分の中で折り合いをつけ、最近は司の家に通っているのだ。

「だってオレにも人の心はあるし、話聞いてたら腹立ってきたし」

司が理不尽な要求をされていると知った時、紗和は心底驚いた。さらにはその理不尽な要求の実現に向けて、馬鹿正直に司が行動していると知り、コイツは一体どういう精神構造をしてるんだとも思った。

何故、そんなに自分が大変な方を選ぶのかと。

だって、親の要求に応えるより、どうにかして婚姻届を出してしまった方がずっと簡単ではないか。別に損もない。二人は既に番で、その関係は何をしたって解消されない。結婚さえしてしまえば、司は世間体や親の圧力から逃れられ、公的に紗和に関わる権利だって何もかもが手に入るのに。

でも司はそれをしない。しないのは——紗和の心を本当に欲しがっているから？

「いや、別にそんなんで絆されたりしてないけど。マイナスがちょっと清算されたかなってくらいで、それもほんのちょぴーっとの話だし。過労死されて、それがオレの責任だとか言われても困るだけだし！」

人としての最低限の良心、オレのせいにされては敵わないだけ。それに、自分も関係していることだし、少しくらいなら協力してやってもいいし、と紗和はもごもご呟く。

食事は紗和が自分自身のために作っていて、余った物を横流ししているだけだ。余り物だから、司の不在時には作り置きとして冷蔵庫に入れておく。次に来た時に自分で食べる用だが、まぁ人様の調理設備や時に食材を使って作っている物なので、それを家主が食べても紗和だって目くじらは立てない。

「何かできることは？」

手洗い・うがいを終えた司が戻ってくる。

「じゃあそのお皿、テーブルに運んどいて。あとお茶碗出して、米は炊けてるからよそって。あ、オレ、糖質抑えたいから茶碗に半分くらい厳守」

「分かった」

まずはメインのチキンを載せた平皿を司が運んでいく。紗和が割った卵を溶いていると、司はスマホ片手に戻ってきた。司のではない、紗和のスマホだ。

「紗和、電話だ」

司の手の中で唸っているスマホの画面を一瞥し、紗和は素っ気ない声で言った。

「今忙しい。放っといていい」

表示されていたのは〝綾人《あやと》〟の文字。――弟だ。

「だが……」

弟の名前を把握しているだろう司はスマホを引っ込めない。

あの事件以降、紗和は実家とは疎遠になっている。実家に帰るどころか、電話すら掛けていない。辛うじて弟とはやりとりがあるが、それも今のところメッセージしか受け付けていない。

家族にされたことは、それこそ噛み痕と同じくらい未だに受け入れられていなかった。もしかしたらそれ以上の打撃だったかもしれない。

天秤に掛けられ、自分が差し出された事実。

そう簡単に、許せる訳がない。けれどもう二度と関わらない、いらないと切り捨てることもできず、感情の狭間で紗和はもみくちゃにされている。

やがて司の手の中のスマホが大人しくなった。と思ったら、また着信がくる。発信者はもちろん同じだ。

「紗和」

何か急ぎの連絡ではないのかと、もう一度司が紗和にスマホを差し出してくる。紗和は、今度は見向きもしなかった。

「だから忙しいんだってば」

「だが」

「手が離せないの、見れば分かるだろ」

溶き卵を鍋の中のスープに注いでいるところなのだ。菜箸を伝って絶妙な量がスープに落とされては薄く繊細に広がっていく、とても重要な工程。

紗和がきっぱりと拒絶しているうちに、また着信は切れた。司はしばらく待っていたが、三回目の着信はなかった。

紗和はＩＨの電源を切って汁椀に卵とキノコのスープを注ぎ入れる。

「いつまで突っ立ってんだよ。冷めないうちに食べるぞ」

急かせば司も諦めたようで席に着いた。

「いただきます」

「……いただきます」

食事の間は、天気の話やニュースの話など、当たり障りのないことしか話さなかった。

「――あ」

司が急に声を上げたのは、夕飯を食べ終えてコーヒーを片手に一息ついた時だった。立ち上がり、慌てたように廊下へと出ていく。

「買ってきたのに、玄関に置いてそのままにしていた。保冷剤は多めに入れてもらったから、大丈夫だとは思うが」

戻ってきたその手にあったのは、ケーキの小箱だ。

「カロリーオーバーか？」

「………うーん」

オーバーだな、と思った。だが、ケーキの箱に印字されたロゴには見覚えがある。雑誌に取り上げられていた有名パティスリーの物だ。本場の一流店に勤めていたシェフが日本に戻ってきて、最近開いた店なのだとか。

「いや、運動でどうにか、する」

明日の消費カロリーを計算し直しながら、紗和は悩んだ末に欲望を優先させることにした。だって次、いつ食べられるか分からない代物だ。

「一番人気の王道ショートケーキはもう売り切れていたんだが」

開けられた箱の中には色とりどりのフルーツの載ったタルトと美しい艶を湛えたチョコレートケーキ。

「フルーツが載ってるのより、チョコレートの方が好きだったよな」

紗和が口を開く前に、司がしたり顔でそう言った。

「好みのケーキの話なんてしたことないんですけど。一体どこ情報なんだか」

マネージャーの加賀見経由の情報なのか、雑誌の過去のインタビューか何かにヒントがあったのか。どれだろうと考えながら、紗和はマグカップに口を付ける。

コーヒーは砂糖を一つ半、ミルクはたっぷりめのいつも紗和が好んで口にする味で、熱いものが苦手な紗和がいつ飲んでもするっと飲める温度だ。司の淹れたコーヒーで、紗和はやけどをしたことが一度もない。

座ったままでいると、フィルムを剥がした状態で皿に載ったチョコレートケーキを差し出された。

「いただきます」

コクのある滑らかな口当たりのチョコレートクリームに、自然と笑みが零れた。甘さはそこまで強くなく、味わっているうちに華やかな香りが鼻に抜けていく。間違いなく逸品だ。

昼にクリームが付いた気がして紗和がテーブル周りに目を走らせれば、気付いた司がティッシュを一枚引き抜いて手渡してきた。

「………」

先ほどから、気のせいでなければ至れり尽くせりすぎて居心地が悪い。紗和は口許を拭いたティッシュをさり気なく司の手の届かない場所へ移動させながら、げんなりと言った。

「お前、人からしつこいとか重いって言われない？　構いすぎてペットに嫌われるタイプ」

「昔飼っていた犬は途中で諦めた顔をしていたが、世話はさせてくれた」

「……犬の側に我慢を強いるなよ」

「性分なんだ。これでも抑えてる方だが」

考えてみると合点のいく部分があった。前回司が過労で倒れた時のことだ。

臥せっているのは自分なのに、看病がしたい世話がしたいと訳の分からないことを言われた。要するに、アレは紗和の面倒を見たくて堪らない思いが零れ出たのだろう。

「番だってだけでアレなのに、輪を掛けて面倒くさいヤツだな……」

責任、責任と事あるごとに口にしていた司だが、もしかするとその言葉を盾に本当はただ世話を焼きたかっただけなのかもしれない。

「それって、元々そういう気質なのか？」

「え？」

楽なのは確かだが、度が過ぎれば鬱陶しくもなってくる。

「いや、今ふと思ったんだけど。前に、兄貴の方が優先気味の、若干愛情の少ない環境で育ったって言ってたから、何かそことしっくりこないというか」

司は下の子だ。犬の面倒を過剰に見ていたと言うが、どこでその精神は培われたのだろう。妹弟がいたとなれば、嫌でもある程度は他者を気に掛ける状況にあっただろうとは思うが、むしろ家にはお手伝いさんなどが常にいてフォローされる生活だったはずだ。

「いや、そうだな、むしろ逆と言うか、反動というか」

「逆？」

司は考えながら口を開く。

「愛が足りないから愛されたいのではなく、愛されなかった分他人を愛することで、自分を満たしていた。だが、されたかったことを人にしているうちに、すること自体に喜びや満足を覚えるようになったと言うか」

「……またいやに拗らせてるな」

納得すると同時に、根深さを感じる発言だ。

「それより紗和」

お互いケーキを半分ほど食べ進めたところで、司が遠慮がちに話し掛けてきた。

「さっきの電話は本当にいいのか」

「蒸し返さない方が賢明だって分かってるクセに、どうして話題に出す」

触れないでくれ、とあからさまに不機嫌な声を紗和は出す。が、いつもなら引き際をしっかり見極める司が、今日はやたらに食い下がってきた。

「……何か急ぎの用事なんじゃないか。誰かに何かあったとか」

もしそうなら、今すぐ折り返さなければ後悔することになるかもしれない。だが、それでも紗和は連絡をする気にはなれなかった。

動きを見せない紗和に、司は説得を続ける。

「いや、感情の整理なんかそう簡単につく訳がないし、唯一無二の家族なんだから水に流せだなんてことは口が裂けても言えない。だけど、やっぱり心配になる。家族の中で紗和だけが分断されてしまっていて、気軽に頼れる先がない。何か起きた時、社会的に他人である俺にできることには限りがあるし、それが気がかりなんだ」

「……気に掛けられても、何ともならない。前みたいに戻れる訳がない。お前が言った通り簡単に流せることじゃないし、自分の心をどこかで捻じ曲げて家族の輪に戻れば、二倍三倍こっちが苦しいだけだ」

許すというポーズを取ってしまったことに、許容してしまったことに、きっとどこかで首を絞められる。

紗和がモデルとして頑張ってきたのを見守ってくれていたはずなのに、それなのに真っ向から頼むのではなくこんな卑怯な形を取られたことが、どうしても許せない。

チラリ、司の視線を辿って紗和も自分のスマホを見遣った。緑色の小さな光が、通知があったことを教えるために明滅している。だがやはり折り返す気にはなれない。

「オレだって、こう見えて色々考えてるよ。今の状況だって、周りから見ればこっちの気持ち一つ、お前が許せばそれで終わりだろって言われるかもしれないけど。……でも正直家族とは、一生このままかもしれない」

現実は、人間の心はそう単純ではないのだ。

起きてしまったことをこれ以上嘆いても仕方がないと、紗和は自分にそう言い聞かせて今の状況を何とか呑み込んでいる。それだけで精一杯なのだ。

「それに、家族だけがこの世の全部じゃないだろ。オレにとってもう欠片も大切じゃないとは言わないけど、でも例え駄目になったとしたってお前が――」

言い募っていた紗和は、不意に口を噤んだ。

「……紗和？」

今、自分は何と言おうとした？

駄目になったとして、司が何なのだ。

お前がいるだろ、と続けそうにならなかったか。

紗和はうっかり口にしそうになった言葉に、ぎょっとした。いくら何でも血迷いすぎだ。

違う違う、と急いで自分の中で否定する。

だってこの男ときたら、本当にしつこいのだ。こっちが何をしてもめげない。当然のようにいつでもそこにいる。それこそ、紗和が家族とこのまま絶縁してしまったとしても、モデルを続けられなくなっても、きっと。そう思わせるほど紗和の傍にいるから、妙なことを口走りそうになっただけだ。

「紗和？」

「な、何でもないっ」

ここ最近一番見てる顔だから、ついうっかり、うっかり出てきてしまっただけ。

紗和は力強く頭を横に振った。

司はしばらく訝しげに紗和の表情を窺っていたが、深追いしてくることはなかった。

「そう言えば、渡しておきたい物があったんだった」

そして、思い出したように端をクリップで止めた書類の束を自室から持ってきた。受け取った紗和は、表紙を見て盛大に頭に疑問符を浮かべる。

「〝性フェロモンの構成要素とその化学分解について〟……？」

「論文だ」

「はい？」

「Ωから発情期に発されるフェロモンを分解する研究があって」

何でもフェロモンの発露自体は抑えることはできないが、空気中に放出されたフェロモンを分解するスプレーの開発が、どこぞのスタートアップ企業で行われているらしい。

世の中色んな研究があるものだなと思うが、その論文を手渡された意味は分からない。

「眉唾ものかと思ったが、今渡したそれを含め、社員が院生時代から書いている論文を数本読んでみたところ、きちんとした手法でまじめに研究しているようだった。噛み痕を無効化するのとはまた別の研究だが、こういうところからさらに新しい技術が生まれるかもしれないし、出資してみてもいいかと思っている」

だがそこまで言われて、意図を理解した紗和は絶句した。

ラジオ番組での公開告白の時、確か司は言っていた。

〝どうしても噛み痕が我慢ならないなら、支障にしかならないと言うなら、探す。どうにか消す方法を探す〟

できっこないだろと噛み付いた紗和に、さらにこうも言った。

〝できないかどうかは、今決めることじゃない。技術だって、これからどう発展するか分からないんだから、可能性はゼロじゃない〟

あれを、実行しているのだ。

馬鹿じゃないのか。何を真剣に取り組んでいるのだ。

それでなくても、普段から忙しい人間だ。今は余計な仕事を背負って輪を掛けて忙しくしている。家族からの圧があり、番は塩対応で癒しにもならない。労働基準法も真っ青な状況だろうに時間を縫って会いに来たり、果てにこんな論文まで。

紗和が無理だと分かっていながらも、呑み込めなくてやりきれなくて八つ当たりで叫んだことに対してまで、真面目に向き合っている。

もし、上手くいってしまったら、司はみすみす番を逃すことになるのに。

「忙しいだろうが、まぁ時間があったら目を通してみてくれ」

「……いや、うん、それは」

仕事柄、紗和は色んな人間に会う機会がある。でも、その中でも司は群を抜いて変わっている。こんなに突き抜けて真面目で実行力のある人間、なかなかいない。

「……っ」

自分の中で司に対してじりじりとせり上がってくる感情がある。でもそれを上手く表現することはできなくて、紗和はぐっと唇を噛んだ。

ストレスが起因なのか、司との相性の問題なのか、相変わらず紗和の発情期は、安定しない。もう秋も十分に深まったこの日もまた、仕事帰りに発情期が始まり、仕方なく司の自宅へ足を向けることになった。

「仕事、あるのに……」

どれだけ調子が悪くとも、四日後までにはどうにか治めなくてはならない。少なくとも、誤魔化せるくらいには、状態をマシにしなくては。

番バレして以来のＣＭの仕事があるのだ。発情期如きでふいにはできない。

だが、こんな時に限っていつも以上に強い症状が出ていた。

「足りないぃ……」

潜り込んだベッドの中、必死に襲いくる波に堪えようとするが、どんどん飢餓感や焦燥感が増していく。

「なんで……！」

安心したい。安心できる場所を作らなくてはならない。なのに。

「匂い、しない」

布団の中で膝を抱えて丸くなる。ロクな素材がなくて布団そのものくらいしか被るものがなかったが、それも大して紗和の本能を満たしてはくれなかった。

こんな状態では駄目だ。番をがっかりさせてしまう。そんなことになったら。

情緒が乱れている。その自覚があるのに、紗和はもう自分を立て直すことができない。

「うぅ、しっかりしろ、がっかりされたから、何だって言うんだ」

本能と理性がせめぎ合う。じわり、後孔が濡れる感覚がもどかしくて、仕方なく下着の中に手を滑り込ませた。くちり、ソコに触れると水音が鳴る。

「ん、んぐ、もう最悪……」

切なく疼く後孔に人差し指を沈めてみたが、自分の拙い動きでは大した快感は得られなかった。紗和の指では短すぎて、イイところに届かない。

熱い、苦しい、もどかしい。どんどんと下腹に疼きが溜まっていく。

一人、どれほど悶え苦しんでいただろうか。

「！」

熱に苛まれながらも、紗和は扉の向こうから微かに聞こえた音を聞き逃さなかった。あれは、玄関扉が開錠された音だ。少しの間を置いて、慌ただしく駆けてくる足音が響く。期待に身体が震えた。

「紗和っ⁉　うっ……！」

玄関先よりもずっと濃いフェロモンを吸い込んだからか、入ってくるなり司が呻く。

紗和は籠もっていた〝司のベッド〟から顔を出し、引っ掴んだ枕を思いっきり投げ付けた。

「馬鹿っ！」

司はいきなりの罵声と投げ付けられた枕を難なく受け止め、ベッドの中で丸まりながらも全身から怒りを迸らせている。

「お、お前は普段大切な番、番って言うクセに、自分がその片割れだって自覚が足りてないっ、こんな物！」

涙混じりに、紗和はまた別の物を司に投げ付けた。だが、飛距離が足りずに二人の丁度真ん中辺りに落ちる。――なんの変哲もない、ただのタオルだ。つい先ほどまで、キッチンのタオルホルダーに掛かっていた。

「この家、お前の家のクセに何にもないじゃないか……！」

わっと叫びながら紗和は涙を零した。

「――嘘だろう、巣作りしてたのか？　紗和が？　俺の物で？」

愕然とした、司の声。

何が嘘なものか、巣作りしていて何が悪い、と紗和は相手をキッと睨む。

「だから、それが何もなかったたって言ってんの！」

紗和が今立っている状態だったら、きっと地団太を踏んでいる。だって発情期に番の家に来たというのに、適した素材が何もなかったのだから。こんなにもどかしくてストレスフルな状況はなかなかない。

巣作り――それは発情期のΩに見られる、番の匂いの付いた衣服等を集めてその中に包まるという特別な習性だ。

αの匂いに包まれた安心できる場所を形成し、子づくりのための準備を整えるために、本能的に取る行動だと言われている。

司と番になってから発情期は何度も迎えていたが、これまで紗和は一度も巣作りをしよう、したいとは思わなかった。

けれど今日、発情期でふらつく紗和の足は自然と司の自宅に向かっていた。この家にはソファで寝起きしていた紗和を見兼ねた司が用意した、紗和専用のベッドが別室にある。だが、いつも使っているそちらには一瞬たりとて足が向かなかった。ただ本能が囁くままに、番の匂いを欲して司の寝室に足を踏み入れていた。

それなのに。

「どうなってるんだよ！」

紗和はクローゼットを指差した。扉はすっかり開け放たれている。元は嫌味なくらいに整然としていたクローゼットだったが、今は中の物がぐちゃぐちゃに乱され積み重なっていた。

「洗濯は済んでるし、スーツは全部クリーニング済みだし、ベッドに至ってはシーツも枕カバーも何もかも一式新しいのに取り換え済み！　完璧か！　忙しいんじゃないのか！」

追い打ちを掛けるように、消臭剤でも撒いているのか、リビングのソファやクッションも使い物にならなかった。

そう、どこにも肝心の司の匂いが染み付いた物がなかったのである。こんなことなら住み慣れた我が家に帰れば良かったと、紗和は司に当たる。

「何にもない！」

家の中を彷徨って、朝に軽く手を拭いたのだろうなと雀の涙と言うにもおこがましいほどの微かな匂いしかしないタオルを回収できたのが、唯一の成果だ。

「何を！　嬉しそうにしてる！」

αのテリトリー内にいるのに、薄い薄い出がらしのような匂いしか与えられない。気が狂いそうになりながら本体が帰ってくるのを待つしかなかったというのに、紗和のαときたら口許をだらしなくにやけさせている。

「すまない、悪いと思っている」

「うぅ、わ、悪いに決まってる！　日頃αとしての責任、責任言うクセに、こんな初歩的な準備を怠るとか！」

「そうだ、迂闊だった。巣作りは発情期のΩにとって大事なことなのに」

「お、お前のせいで、ちゃんとしたの、作れなかった」

Ωにとって、巣作りはとても重要な行為だ。発情期を万全の状態で迎えるために、巣作りには完璧さが求められるもの。なのにこんな体たらくを晒していては、Ωとしての力量を疑われてしまうと紗和は嘆く。

「うん、悪かった。今度からちゃんと考える。考えるが、どうしようもなく嬉しくて」

「はぁっ⁉　番が苦しんでるのに嬉しい⁉」

紗和の頭は、発情期の熱でもう上手く働いていない。それでなくとも巣作りの素材が足りず飢餓感に苦しんでいたのに、ここにきていい匂いをぷんぷんさせたαがやっと帰宅したのだ。我慢ももう限界を迎えていた。

「もういいからその服早く脱いでこっち寄こせ！」

「服だけ？　本体は？」

「ほ、本体はどうでもいい～」

良くはない。本当は本体が一番重要だ。だが、紗和の意地っ張りは発情期の最中でも健在だった。司自身がほしいとは、どうしても言えない。差し出されたシャツを引ったくるように奪い、顔を埋めて思いっきり息を吸い込む。

「紗和」

「んうっ」

もちろん司は服に主役の座を譲りはしなかった。紗和がしっかりと匂いの付いたシャツにうっとりとしているうちに、背後から包むように抱きしめてくる。

「自分で解していたのか」

「っ！」

掴まれた右手の指先は濡れていた。一人でシていたことを指摘されて、紗和は羞恥に顔を赤く染める。

声もなく恥じらっている間に、司は紗和の身体をベッドに俯せにし、あっという間にズボンと下着を抜き取って、濡れた後孔に指を這わせてくる。紗和の身体は、それだけのことにビクリと跳ねた。

「だが、自分でするだけじゃ足りなかっただろう？」

「あう」

しとどに濡れたソコに指先を沈められた瞬間、全身の肌が粟立つ。

恥ずかしい。何か言って、この恥ずかしさを紛らわしたい。そう思うのに、鼻先を埋めたシャツの匂いがとてつもなく良くて、意識を持っていかれてしまう。入り口からナカへ少しずつ侵入する指に腰がゾクゾクと痺れて、紗和の喉からは甘く爛れた声しか出ない。

「あ、やめ、やだ」

咄嗟に口を衝いて出る否定は、意味がない。口先だけだと絶対にバレている。だからナカを這う指は、全く止まってくれないのだ。

「紗和、しんどいな」

密着した司の身体もまた火照っていた。番が自分で興奮していることに、劣情を煽られる。耳許で司が柔らかく囁いた。

「その〝しんどい〟を発散させる手伝いをさせてくれ」

紗和のどうしようもないαはこんな時にもやたらと気を遣い、紗和が受け入れやすい言葉を選ぶ。

「う、う、しんどいぃ」

本当に、どうしようもないαだ。

快楽に陶酔しながらも、紗和は思う。

きっと自分は司にとって良い番ではないだろう。司に寄り添えるΩにはなれない。でも、そんな自分で良かったんじゃ、とも思うのだ。

こんな尽くすタイプのエリート金持ちα、変な相手に引っ掛かったら散々搾り取られ、好き勝手されて、旨味がなくなった途端に注いだ愛情を踏み躙られ、ポイされるのが目に見えている。

その点、紗和にそういう目論見はないので、ある意味で安心安全だ。

「紗和、考えごとか?」

「ひっ、まって、そこ!」

ナカを探る指が不意に前立腺に触れ、その刺激に紗和の屹立が一気に張り詰める。

「あぁ、ココがいいんだな。紗和、俺が帰ってくるまでにまだ一度も出せていないんだろう。我慢せずに達していい」

「あ、ん、ぅん、つかさ、そこは、待ってって……！」

「こっちも一緒がいいか」

「一緒はもっとだめぇ……！」

ナカを弄りながら、反り立った前も扱かれる。あまりの刺激に瞼の裏に星が散る。けれどこれだけの愛撫では足りなかった。もっと触ってほしくて仕方がなかった。でも求める心とは裏腹に焦らされていたせいで身体がやたらと敏感になっていて、既に限界が近い。

「つかさ、つかさ、出るから、出るからやめてってって、ひぃ！」

容赦ない責め立てに懇願しても、司は手を緩めなかった。

「あ、あ、あぁ——っ」

されるがままに、あっけなく射精に至る。

「紗和、気持ちイイな。少し楽になっただろう？」

宥めるように耳に軽い口付けを落とされて、紗和はまた心が大きく乱されるのを感じた。司に恋人のような甘い言動を向けられると、どうにもそわそわして落ち着かなくなる。

「なら、ない。これくらいじゃ、全然っ」

それを誤魔化すように怒った口調を作って、紗和は司に要求した。

「足りないか。発情期だから、当然だな」

身体はもう司を覚えている。身を任せれば気持ち悦くなれるし、楽になれる。身を預けても大丈夫だと、手荒なことなど絶対にされないと、それも知っている。

司は紗和の身体を仰向けにすると、着ていたカットソーもするりと脱がせてしまった。一糸まとわぬ姿になった紗和を見下ろし、無防備に晒された胸の頂に指先で触れてくる。

「んくっ」

甘くてもどかしい刺激。これでは足りないと紗和がシーツの上で腰を揺らせば、腿を持ち上げ大きく足を開かせてきた。出したばかりで余韻に震える棹と、早く司が欲しいと止め処なくだらだらと欲望の蜜を垂らす小さな孔が丸見えになる。

「もうむり、しんどい、発情期やだ」

「うん、そうだな」

泣き言を言えば、司はすっかり昂ったモノを取り出した。先端を宛がわれただけで分かるくらい、それは張り詰めていた。

欲しい。早く挿入して、ぐちゃぐちゃにナカを掻き混ぜて、そうして一番奥で果ててほしい。気がおかしくなりそうなほど、身体がそう叫んでいる。

あさましく反応する身体も、結局ロクに形を成していない残念な状態の巣も、なにもかもがままならなくて悔しかった。

入り口に昂りを突き付けられた瞬間、期待してきゅっとナカが締まり、紗和は泣きたくなる。Ωの身体はあまりに即物的すぎる。

「こんなのオレじゃない、なんにもうまくできない」

「紗和、大丈夫だ。否定的なことは何も考えなくて大丈夫。何も間違ってない。発情期の、当たり前の反応だ。気にしなくていい」

「う、うぁ、ぁあ……！」

ずぷり、ずっと寂しかった空洞を満たされていくのは、何より特別な感覚がした。

「ぁ、むり、おっきいの、ぜんぶはむり」

「本当に？　いつも根本まで全部呑み込んでくれてるぞ？」

司の言う通り、紗和のナカはその形をもう覚えているはずなのに、圧迫感がいつもより強い。どこにも隙間などないほどに密着した司の欲望が、ドクドクと脈打つのが生々しく伝わってきた。いつもより、司も興奮しているのかもしれない。

「んん〜っ！　あ、つかさ、つかさぁ」

「うん、分かってる。イイところ、全部確認していこうな」

紗和が望むように、抜き差しが繰り返される。行為の激しさに、ベッドのスプリングが軋んだ。

ずっしりとした怒張が与える快楽に呑み込まれて、紗和の意識はすぐに散り散りになっていってしまった。


「ん～～」

身体が重怠い。あちこちの筋肉が疲労を訴えている。腕一本、持ち上げるのも億劫なほどだ。

けれど頭の中はすっきりしてきていた。

紗和はのろのろと瞼を持ち上げて、現状把握に努める。

「…………太陽は、出てる」

カーテンの隙間から射す光で、今が夜でないことは分かった。視線をズラして、次はサイドチェストにある時計を確認する。

日付や気温・湿度まで教えてくれる電子時計は、今が午前十時過ぎであることを示していた。日付の方はいつの間にか三日も経っている。この三日の間、紗和はこのベッドからロクに出た記憶がなかった。

「まぁ、大分マシにはなったか」

身体の芯にはまだ熱が残っている。完全に発情期を脱したとは言い難い。けれどピークを過ぎているのは確かだった。この分だと、後は薬の服用でどうにか抑え込めそうだと考えながら、紗和はごろりとベッドの上を転がる。

広いベッドの上には、今は紗和しかいなかった。

「…………」

別室で仕事でもしているのだろうか。

ベッドの主のことを考えながら、もう一回転。身に着けているサテンのパジャマが肌に擦れるその感覚が心地好い。見覚えのないものだったが、どう考えても司が紗和のために用意した物だろう。そういう物が、気付けばこの家には沢山ある。

当然のようにさっぱりとしている身体も、世話好きのあの男の手によるものだとは分かっていた。

「発情期、まぁ相手をするαもイイ思いはしてるんだけど、お互い時間を取られるよな……」

三日間、付きっ切りだったのだろうか。合間に仕事をこなしたりしたのだろうか。

してそうだな、と思う。

「一緒にいる時間が長くなってくると、それなりに相手の行動が読めるようになるな」

向こうも恐らく、紗和の行動パターンを把握している。

これ以上ごろごろし続けていると、起き上がるタイミングを延々逃しそうだと、紗和は自身に活を入れてベッドを降りた。ぺたり、フローリングの床を一歩進むごとに濃厚な情事の余韻が身体の内を擽ったが、何とか無視をする。

リビング・ダイニングへ続く扉を開けると、その先で壁際に向かって立つ司が目に飛び込んできた。電話台のある場所だと気付き、紗和はその背に声を掛ける。

「また親から例の電話かよ」

「っ⁉」

扉を開けた音も聞こえていなかったのか、司は大仰に肩を震わせ振り返ってみせた。

「え、何……」

「いや、何でも。……その、急に声を掛けられたから驚いただけだ。それから、これはＦＡＸだ。親は関係ない」

「ふーん？」

確かにそう言う司の手には紙が握られている。固定電話すら引いていない紗和からすると少し物珍しくもあるが、司はよく確認もせずにＦＡＸ用紙を小さく四つ折りにして、電話台の引き出しにしまった。

「それより、ベッドから落ちたりしなかったか」

「はぁ？　何でだよ？」

紗和が眉間を寄せると、司は少し言いにくそうに告げてきた。

「だってその、紗和は寝相があまり良くないだろう」

「……はぁ？」

失礼な。紗和はムッとして言い返す。

「寝相が悪いとか、今まで言われたことないんだけど。いつもちゃんときちんとベッドに収まってます。落ちたことなんて過去に一度もないし。何言ってんだ」

「いや、でもいつも」

「？」

いつも何だと言うのだろう。司とは何度かベッドを共にしているが、その間も一度だって落ちたことはない。

司は顎に手を当てながら何やら難しい顔であれこれ考えた後、

「……いや、そうか」

と一人で勝手に納得してしまった。

「何だよ」

「いや、何でもない。悪い、今の話は気にしないでくれ」

けれどそう言われるということは、実際にそれらしき行動があったのだろう。寝相が悪くないというのは、自分の思い込みなのかもしれない。やっぱり気になるから詳しく訊こうと紗和が口を開きかけたところに、コール音と〝ＦＡＸヲ受信シマス〟という電子アナウンスが響いた。

「またＦＡＸ？」

仕事絡みのものかもしれない。ギッギッと音を立てながら、用紙が吐き出されていく。

「紗和、顔を洗ってきたらどうだ。少しはさっぱりすると思う」

「え、あぁ」

ＦＡＸの方は放っておいて、司は紗和の肩を押して洗面所へ促す。確かに顔も洗いたいし、一度シャワーも浴びてしまいたい。

「体調は？」

「まぁまぁ。明日の仕事は出るつもり。でもまだ……」

怠い感じがあるから、今日はこのままここで過ごして明日の仕事に向かおうと思う、紗和はそう言おうとした。だが、それを司に遮られる。

「家まで送る」

「え？」

紗和は思わず洗面所へと向けていた足を止め、背後の男を振り仰いだ。

「家まで車で送る」

聞こえてないとでも思ったのか、司は繰り返す。心なしか、その表情はいつもより硬く見えた。

「正直大事を取ってあと二、三日はゆっくりしてほしいが、久しぶりの大きな仕事なんだろう。無理をしてでも出るつもりじゃ？　せめて明日までは自宅でゆっくり過ごしてくれ」

「いや、まぁ言われなくてもそうしますけど……」

そう答えながらも、紗和は内心戸惑っていた。

まさか、家に帰されるとは思わなかったのだ。司のことだから、ゆっくりしていくようにと言うと思った。合い鍵も渡されているし、出入りも自由だ。今は紗和の部屋まである。それでなくとも発情期の番は極力囲い込んでおきたいものだし、司の性分を考えるとおはようからおやすみまで世話を焼きたいだろうに。

ヤることヤったら、もういいってことか……？

そんな考えが過るが、司がそういうタイプでないことは分かっているつもりだった。

「なぁ、やっぱり」

今日はここでゆっくりしていっては駄目かと訊いてみて、反応を試せばいい。だが、寸前で紗和は口を閉じた。

人間関係のややこしい、足の引っ張り合いも珍しくない業界で生きてきたので、空気はかなり読める方だ。

引き下がっても、きっと司は紗和を家に帰そうとするだろう。だって熱を測るでもない。食事を用意しようともしない。普段の司なら、まずは紗和の心身をベストな状態にすることに注力するのに、そういった素振りが全くないのだ。何か急ぎの用事でもあるのか。それならそうと言えばいいのに、と司にしては粗雑な対応に内心で首を捻った紗和だったが、結局疑問を口にすることはないまま自宅まで送り届けられたのだった。


「やっぱ何かおかしいんだよな」

ぶつくさ言いながら、紗和は司宅の洗面所の洗濯カゴを覗く。

「急に何なんだよ、二言めには口にしてた〝責任〟はどこに飛んでったんだ」

半ば促されるように自宅に送り届けられたあの日から、司が妙によそよそしい。

まず、〝忙しい〟を言い訳に使うようになった。

今まではどれだけ忙しくとも時間をやりくりしていたのに、長期出張が入った、海外とのやりとりだから深夜帯にしか会議ができない、接待があるから等々それらしい理由を並べて顔を合わせない日々が続いている。不在がちだから食事を用意してくれても食べられないと、前なら家の中に紗和がいた気配だけで嬉しそうにしてたクセに、訪問まで拒もうとしている。

明らかに、おかしい。

元気にしているか、体調は崩していないかなどのメッセージだけはこまめに届くが、三週間前のあの発情期の時が、顔を合わせて言葉を交わした最後だ。季節はもう冬目前というところまできていて、気の早い街中はイルミネーションであちこち輝いていたりする。

「オレはこんなところで何やってるんだか……」

こっそり訪れた司の自宅は、やはり留守だった。平日の日中なので、当たり前と言えばそうだ。

入室禁止を言い渡されている訳ではないので、生活の様子を探るついでに、紗和は洗面所の洗濯カゴから使用済みらしいカットソーを一枚だけくすねる。

「いや、変態くさいなって自分でも思うし、アイツの匂いでってとこに抵抗も滅茶苦茶感じるんだけど……」

これはΩとして、自分を安定させるために必要な行為だ。

先日の発情期では巣作りに必要な衣服が全くなく、相当やきもきさせられた。その対策として、資材はコツコツ自分の手で集めることにしたのだ。

巣作りはΩの本能。発情期を乗り越えるのに必要な作業の一つで、世のΩ皆に共通する習性なのだ。紗和が特別、匂いフェチで変態という訳ではない。司もΩの特性は十分に承知しているから、衣服の一枚二枚で目くじらを立てたりはしないだろう。紗和も迷惑にならなさそうな、普段使いっぽい物をチョイスするよう心掛けている。

「……もう一枚くらい、いけるかな」

カゴに溜められた洗濯物の数はそう多くない。

紗和は逡巡の後別のシャツを手に取り、無意識のうちに匂いを嗅いでいた。

「……ん？」

だが司が身に着けていたはずの物なのに、本人の匂いより先に別の刺激が鼻を掠める。

「んん？」

すん、ともう一度しっかり匂いを嗅げば、やはり香水の香りがした。司は普段香水をつけたりはしない。それに鼻に残るのは到底男性的とは思えない、甘ったるい香り。どう考えても女性向けのものだ。

「…………」

ほんの一瞬だけ過った考えを、紗和は即座に打ち消す。

部下とか、取引先とか。仕事で女性に関わる機会などいくらでもある。

「混み合った電車とかで、たまたま隣にいた人の匂いが移るとかもあり得るし」

呟いてみるが、そう言えばアイツ電車通勤なんてしないよな、とすぐに気付く。

「いや、飲み会とか付き合いもあるし、香水滅茶苦茶キツイ人とか稀にいるし」

でも、このシャツは嫌だ。不愉快だ。紗和が欲しているものではない。

二枚目のシャツは洗濯カゴにリリースし、少し考えてから紗和は司の寝室へ移動した。

プライベートな空間を勝手に覗くことに多少後ろめたさはあったが、クローゼットを開けてずらりと並んだ仕立ての良いスーツの一枚一枚に、そっと鼻を寄せる。

数着のスーツを確認したところで、先ほどのシャツと同じ香水の香りを紗和は発見した。

「これか」

シャツよりもスーツの方が、当然匂いは強い。

紗和はその場でスマホを取り出してメッセージを飛ばした。

《今日そっち行っていいか。話したいことがある》

行っていいかというか、もういるのだがと思いつつも待つこと数分。

すぐには返ってこないかもと思っていたが、返信が飛んでくる。

《今日はホテルで立食パーティーがあって、そのまま泊まりになる。すまない》

まぁ、ここまでは紗和も想定内だ。ここ最近の定番の返答である。

《じゃあ話はいいから泊まっていい？　明日の仕事場、お前の家からの方が近いし》

次に紗和はそう打ってみた。もちろん、仕事云々は方便である。

《できれば自分の家に。ウチの家はちょっと》

しかしこれにもお断りの返事。全く以て宮永司らしくない。司ならこんな時、紗和の身体が楽になるならいくらでもウチを利用してくれと言うはずなのに。

なので紗和は正面から切り込むことにした。

《オレに来られると何かマズいことがあるわけ？》

《いや、その、母がそろそろ乗り込んでくるかもしれなくてだな》

即座に入った返答を、紗和は眉間にシワを寄せて熟思する。

確かに、司は親からの連絡を未だのらりくらりと躱しているようなので、痺れを切らした母親が乗り込んでくる可能性は十分考えられる。

だが、そう言えば紗和が嫌がって回避するだろうという魂胆が見え隠れしている。

考え込んでいるうちに、スマホが続けてメッセージの着信を告げた。

《紗和、本当に申し訳ないんだが、今母と紗和の間に何か一悶着起きても、それをどうこうする余裕はないんだ。例の事業立て直しの件が佳境を迎えていて》

「結局、仕事忙しいアピールで締め括られるんだよな……」

とにかく、紗和と距離を取ろうとしていることは確定だ。

もう一度、スーツに鼻を寄せて見知らぬ香水の香りを記憶に刻んだ。

それから口直しと言わんばかりに、紗和は振り返り寝室の空気を胸いっぱいに吸い込む。

そこからは何の混じり気もない、紗和のαの匂いだけがただただ嗅ぎ取れた。

「ほら見ろ、やっぱり何かややこしいことになってるじゃんか」

紗和は観葉植物の陰から向こうの様子を窺い、一人ごちる。

本日は平日の木曜日。普通、会社員はせっせと勤労しているはずの平日の日中だが、視線の先で宮永司は優雅にお茶の時間を楽しんでいる。

「いや、別に楽しんでるって感じではないけど……」

同じラウンジで紗和もコーヒーを頼みはしたが、手つかずの状態だった。それもそのはず、紗和の目的はティータイムを楽しむことではなく、司の尾行だったからだ。

「オレはちゃんと訊いたし、待ちもした。それなのにいつまで経ってもはっきりさせないアイツが悪い」

要するに、痺れを切らしたのだ。

司が何か隠し事をしたり紗和を遠ざけたりする時は、往々にして司ではなく紗和にとって都合の悪いことが起きている。宮永司の中では、自分自身よりも紗和の方が優先順位が高い。そんなことはもう分かっている。

しかし司に探りを入れてもひたすら躱されるだけで進展がない。なので紗和は相手を変えることにした。

「仲良しなお友達を紹介してくれてて、助かった」

犬飼に連絡を取ったのだ。司の最近のスケジュールを教えてほしいと言うと、最初犬飼は訝しむような声を出した。そんなの紗和ちゃんが直接訊けば教えてくれるじゃん？と。なので紗和は用意していたセリフを取り出した。

『オレを心配させると思ってか、素直に口を割らない』

実際、事実でもある。犬飼はその一言でコロっと納得したようだった。

『あぁ、分かる〜、アイツそういうところあるよな』

『さすがに過労死されたら寝覚めが悪いし、ここらでちょっとサプライズ的なことを仕込もうかと思って、休みのタイミングが知りたい。ほら、休日出勤も多いだろ？』

こう言えば、もう犬飼は何も疑わなかった。それどころか紗和の発言に甚《いた》く感動して、有益な情報をたんまりくれた。

「オレは嘘は一つも言ってないし」

心配は一応しているし、この後司の前に姿を現せば、きっとサプライズにだってなるだろう。——多忙な中取った有休で、番がいるにも拘わらず、異性とホテルで優雅にお茶をした現場を押さえられたとなれば。

「嬉しい方のサプライズじゃないけど、別に喜ばせるためのサプライズだともオレは言ってないしな」

有休取得の情報を手に入れた紗和は、加賀見に頼み込み仕事の調整をしてもらい、今日は朝早くから司のマンションを張っていたのだ。もちろん、そんなことをする羽目になったのは、司が嘘を吐いたからである。

話したいことがあるから木曜少し時間を取れないかと連絡を入れた紗和に、仕事が終わってからならいける、何時になるか分からないから電話でいいか、こちらから掛けるからと司は返事を寄こしたのだ。

「なーにが、仕事だよ」

この嘘吐き男め、と毒を吐きながら、マンションを出てきた司を尾行して辿り着いたのが、都内のホテルのティーラウンジだった。眼鏡とウィッグでそれなりの変装してきた紗和は、窓際の席に着いた司を離れた席から見張っている。相手が現れたのは、司が入店してから数分後だった。

「あんな若い、しかもΩの女の子が待ち合わせ相手とか……！」

現れたのはまだ十代では？　と言いたくなるような少女だった。全体的にフリルやリボンが多い甘めなテイストのファッションに、くるんと毛先を内巻きにまとめた綺麗な黒髪のハーフアップ、横顔しか確認できないが、愛らしい顔立ちをしていることは遠目にも分かる。華奢な色白の首には、レースのあしらわれたホワイトのカラー。

「下手したら、援交に見えるぞ……」

司の家で嗅いだ甘ったるい香水が思い出される。司と向かい合う少女のイメージとぴったり合う。恐らく二人が会うのは今日が初めてではない。

だが、この状況においても別に紗和は司の浮気を疑っている訳ではなかった。

「そんなことができるタマじゃないとは思うし……」

司なら、他に好きな相手ができれば最初に紗和に筋を通すはずだ。αはいくらでもΩと番になれるという事実が脳裏に過りはするが、二股を掛ける前に頭を下げてきっと別れ話をすると思い直す。

それでも今、司が若いΩの女の子と紗和に内密で会っているのは事実。

もしかして、と紗和の頭にある可能性が浮かぶ。

「オレがいつまで経っても結婚を拒むから、実家から新しい相手を用意されたとか……？」

あり得る。その方が浮気よりずっとしっくりくる。さっきから司も相手の子もお互いにこりともしないのにも、説得力が出てくる。

「いや、そうだとしても会う前に断れよ。せめてオレに事情を説明しろ。オレには知る権利があるだろーが」

圧倒的に配慮が足りない。口を開けば馬鹿の一つ覚えみたいに、紗和のことを大切な番と言うクセに。

　イライラする。司のことでイライラしている自分に、さらに苛立ちが増す。無駄なことに神経を削っている。尾行なんてして、馬鹿みたいだとも思った。嘘を吐かれた時点で、自分以外のΩとコソコソ会っている時点で切ってしまえば、それで終わりなのに。

「……ん？」

　苛立ちを何とか抑えながら紗和が二人を注視し続けていると、やがて司の方が何やら色々な書類をテーブルに広げ始めた。あんな年端もいかない少女相手に商談も何もないだろう。それに、出された方はどんどん顔つきが険しくなってくる。

「おいおい、滅茶苦茶雲行き怪しいじゃんか」

　気付けば少女は射殺さんばかりに司を睨んでいた。何やら責め立てるように言葉を向けているが、紗和のいる位置では声までは届かない。

「どういう状況……？」

　少女はふん、と腕を組みながら司を突き放すように顔を背けた。――紗和のいる方へ向けて。

「あ、やべ」

　観葉植物がいい具合に視界を遮ってくれてはいる。だが、紗和が向こうの様子をそれなりに覗けているということは、向こうからもそうである訳で。少なくとも、物陰から窺っていることは感知できてしまうだろう。

気付かれてないといいんだけど、と慌てて紗和は視線を逸らす。一般客を装うために、今更ながらぬるくなったコーヒーに砂糖とミルクを溶かし始めたその直後。

「やっぱり！」

「うわっ⁉」

突然降ってきた声に顔を上げれば、件の少女が紗和の目の前までやってきていた。

だが、どうにも様子がおかしい。

咎めるような雰囲気はない。むしろ、その目は先ほどまでとは一転、これでもかというほどキラキラしている。謎の反応に紗和が戸惑っていると、少女は迷いなく言い切った。

「Ｓａｗａちゃん！」

「えっ⁉」

変装はしている。完璧とは言い難いかもしれないが、パッと見て判別できるほど雑なものではないはずだ。

「え、いや、なに、人違……」

だが、否定しようとした紗和は途中で気が付いた。可愛いデザインだと思ったカラーは正面にチャームが付いていて、ブランドのロゴが入っている。紗和が以前広告モデルを務めたブランドの物だった。それに耳許で揺れるピアスは、先月ＳＮＳに上げた物と同じデザイン。ふわりと香る覚えのある匂いも、この間は女物だ！　とそればかりが気になってしまっていたが、これも紗和がイメージモデルを務めているフレグランスメーカーのものだ。ぜひ使ってくださいともらった物の中に、メンズ向けの物、ユニセックスな香りの他に、お知り合いにプレゼントして頂いてもと女性向けの物もあった。母に譲ったが、これはちょっと若者向けかもと言われ、嗅いでみて確かにと頷いたことを思い出す。

紗和に関わる物で身を固めていること、遠目からでも変装した紗和に気付いてみせたこと、そしてこの盲目的な眼差し。――〝Ｓａｗａ〟のガチファンと見て間違いない。

「生のＳａｗａちゃんだ～！　え～、何で？　何で？　あ、変装してるってことはお忍びだよね、こっち見てたのって、もしかしてあのおじさん尾けてきた？」

司のことを言っているのだろう。おじさん呼ばわりはちょっと可哀想だろうと思った紗和だったが、これだけ若い子から見ると社会人なんて漏れなくおじさん扱いなのかもしれない。Ωは童顔な子が多いが、それを考慮してもまだ大学生にもなっていなそうである。

「君、いきなりどこへ……って紗和⁉」

おじさんもとい司が少女を追いかけてやってくる。そして司も見るなり紗和の正体に気が付いた。もっと気合いの入った変装にするべきだったのかもしれないと反省していると、司は驚きながらも紗和を背に庇うように少女との間に入ってくる。

どういうつもりだ？　と紗和が戸惑っていると、司は硬い声で問うた。

「こんなところで、何をしているんだ」

「いや、それはこっちのセリフなんですけど」

他のΩと密会して、問い詰められないといけないのは司の方だ。今日は夜まで仕事だと嘘を吐いていたのだから、取り繕ってみせたらどうなんだと思っていると、司を押しのけるようにして少女が言った。

「浮気だよ！」

不貞の申告にはそぐわない、底抜けに明るい声で。

「違う！」

即座に否定が入るが、少女は司の声など届いていないように紗和だけを真っ直ぐに見つめながら続ける。

「パパ活でもいいよ！」

「余計に悪い！」

取り敢えず、一つはっきりしていること。それは目の前の少女は〝Ｓａｗａ〟の度が過ぎたファンだということだ。

好きという気持ちが暴走して自制が利かなくなるファンは、やはり一定数いる。過去に何度か被害に遭ったことがあるので、紗和には雰囲気で何となく判別できた。

「少なくとも、若いΩの子を見たらフラフラしちゃう節操なしってのは間違ってないよ。

Sawaちゃんも私達のこと、見てたよね？　こんなところにいたってことは、疑ってたから探りを入れてたんでしょ？」

　確かに隠し事があると司を疑っていた。けれど状況がまだ上手く呑み込めていない。少女がSawaのファンだとして、どうして司と一緒にいるのか。

「君、大事にしていいのか。これ以上のことがあるならこっちも――」

「うるさいなぁ、もう。――……Sawaちゃん、やっぱダメだよ、こんなおじさんやめなよ。Sawaちゃんに全然合ってない。モデルのSawaちゃんの価値を下げるだけだよ」

　少女は本当のことを教えてあげる、目を覚ましてほしいのと話し始めた。

「仕事ばっかりじゃん。全然Sawaちゃん大切にしてないよね？　Sawaちゃんのこと自宅に呼びつけてばっかりで。お金は持ってるみたいだけど、それをSawaちゃんに使ってくれてる感じでもないし。デート一つ、まともにできない男じゃん。する気がないのか、計画力がないのか知らないけど」

　デート。今の今まで、一瞬たりとて紗和の頭に過りもしなかった単語だ。

「でも執着だけはいっちょ前」

　耳慣れない単語に面食らっていると、少女の声に侮蔑と憎しみの色が濃くなった。

「Sawaちゃん囲って自分のものにしようとして、おかしくない？　世界の損失だよ」

丸くて大きな瞳は、紗和のことしか映していない。

「Ｓａｗａちゃんは最高だよ？　今も最高にカッコ可愛いと思う。モデルのお仕事頑張ってるのすごい。でもやっぱり、噛み痕の話以降、お仕事減っちゃったよね。それってこの男のせいだよね。……一番悔しいのはＳａｗａちゃんだって、それは分かってるけど、でもファンも同じ気持ちだよ。悔しいよ。Ｓａｗａちゃんが思ったように活動できてないって考えると歯痒い。雑誌見てても、ＣＭ見てても、もしかしたらここにいたのは本当はＳａｗａちゃんだったかもなのにとか、そういう風に思うとやりきれないよ。全部全部この男のせいじゃん」

　紗和はグッと唇を噛む。外野にいる人間は何も分からない。うなじを噛んだのは司だが、そこには事情がある。でも一人一人に説明して回れはしない。家同士のややこしい問題でもあって、そう簡単に大っぴらにできるものでもなかった。

「この人、Ｓａｗａちゃんの人生に必要？」

「っ……」

　真正面からそう切り込まれて、答えに窮《きゅう》す。

　司が紗和の人生に必要。

「仮に必要だとして、でもそれって番になっちゃったからでしょう？」

だって、と彼女は続ける。

「Ｓａｗａちゃんは強いもん。すごいんだもん、Ωだとか関係ない。強くてカッコよくて、一人でも生きていける」

　その通りだ。そうありたいと思い続けてきたし、他人から見てもそうであるなら、紗和は自分を褒めてやりたい。でも、何故か向けられた言葉は心に引っ掛かった。

「Ωってだけで生きるの絶望的だったのに、ＳａｗａちゃんがいたからＳａｗａちゃんがΩでもこんなに力強く生きていけるんだって輝いた姿を見せてくれたから、だから私、頑張れたことといっぱいあるんだよ。Ｓａｗａちゃんが、大げさじゃなく生きる希望で、本当に本当に大好きなの。Ωの人生、αに振り回されなくても自分で切り拓いていけるんだって」

　彼女の言う〝Ｓａｗａ〟はありたい姿そのもののはずなのに。

「ねぇ、Ｓａｗａちゃん、この人、Ｓａｗａちゃんの人生に本当に必要？　要らないよね？」

　もう一度、問われる。

〝Ｓａｗａ〟ならば、必要ないと、きっぱりと言わなければならない。でないと今まで貫いてきた姿が嘘になってしまうから。――本当に？

　ちらり、視線を司に向ける。動じた様子は全くない。

　司は紗和が〝司なんて必要ない〟と言って当然だと思っているし、実際そう答えたところで傷付いた顔なんて絶対に見せないだろう。

「Ｓａｗａちゃん」

面白くないな、と思った。

何もかも面白くない。司が何もかも当たり前のように受け入れるのも、第三者にあれこれ干渉されるのも、段々と腹が立ってくる。分かっていますよという顔で勝手にこちらの心を決められて、楽しい訳がない。

紗和は強い。当たり前だ。一人でも生きていける。

でも、それが紗和の全部でもないのだ。

「――要るよ」

「え？」

「一人でも生きていけるのは事実だし、面倒なんて見てもらわなくても結構だって思ってる。α様が持ってるステータスにも興味ないし。そういうのに頼らなくても、十分自活できてる。たとえモデルができなくなっても、自分の食い扶持は自分で稼ぐ。人にどうこうされる人生なんてごめんだ。ぶっちゃけ、番とか発情期とか、そういうの全部どうでもいいし」

「……だったら、要らないじゃん……？」

何を言っているのか分からない、と少女の頬が引き攣る。司も戸惑いの表情を浮かべていた。

「オレがΩだからαの宮永司が必要だってことは全くない。それは本当」

紗和はもう嫌というほど知っている。宮永司はバカの一つ覚えみたいに責任・責任とそればかりで、変に真面目で、自分より人のことばかりで、ちょっとズレている。寛容、誠実とも言えるが、一方で頑固で人の話を聞かないところもある。紗和も途中で気付き始めたのだが、司はお得意の〝責任〟というワードを紗和の傍にいるための手形か何かのように使っている節がある。どうしようもないヤツ、というのが紗和の司という人間への総括だ。

紗和は強い。一人でも生きていける。司もそれは否定しない。

でも、この男は言うのだ。

紗和は強い。でも辛さを感じない訳じゃない。弱いところが一つもない訳でもない。その脆さを時折でいいから、自分にも預けてほしいと。

とんだ物好きだ。司なら、きっとその気になれば相手なんて選び放題なのに。口も態度も悪い、愛想ゼロの男なんかを選ばなくてもいいはずなのに。でもそれは紗和にも言えることだ。

「αだとか、宮永の家とか、そういうことを抜きにした〝司〟なら要らないこともない」

要らないと捨ててしまった方が簡単だ。芦名の家も宮永の家も知らないと、振り切ってしまえばいい。発情期が辛いなら、お前が悪いのだからと、身体だけの関係を割り切って続ければいい。それ以上を自分が無理に抱え込む必要はない。

「紗和……」

番になったばかりの頃を思い返す。

その気になれば、本当はいつだって切ることができたはずだ。司がいくら押し掛けてこようとも、インターホンに出なければ、自宅のドアを開けなければ、それこそ弁護士を立てて本気で拒絶していることを示せば、きっと追い返せていた。

でも、そうしなかった。

いつだって何やかんや言いつつも紗和は選んでいたのだ。司を、自分のテリトリーに入れることを。

「αに自分の人生好き勝手にされるんじゃない。コイツがオレを選ぶかどうかもすこぶるどうでもいい。大切なのは、オレが、オレの意思で、自分の人生に誰を登場させるかってこと。全部、オレが決める。だってオレの人生だから」

白分のこれまでの生き方と、何も矛盾していないと思う。

「そんな、そんなの」

「オレの人生からコイツを退場させるかどうかは、オレが好きに決めることだ。それは君が決めることじゃない。ここからモデルとしてどこまで続けられるかも、全部オレの力量の問題」

　人の期待には、できるものなら応えたい。ファンに悔しいとか歯痒いとか、そういう思いをさせてしまうのも申し訳ない。でも、誰かの〝空想〟を叶えるために〝Ｓａｗａ〟をしているのではない。

　自分にできることは何かを考え、一つずつ積み重ねていく。今までも、これからも紗和の姿勢は変わらない。ファンや世間には、積み重ねてきたその結果を見て判断してもらうしかない。

「そんなこと言うなんて、Ｓａｗａちゃんじゃない……！」

　だが、紗和の答えは少女の望むものではなかったらしい。

　華奢な手がテーブルに載っていたグラスを掴む。この近距離では避けようがない。

「っ！」

　反射で目を瞑った紗和だったが、何故か濡れた感覚はしなかった。

「お客様、どうされました……！」

　ホテルスタッフがこちらにやってくる声に、そっと目を開く。

「え」

　そこには、上等なスーツをしっとりと濡らした司がいた。どうやら庇われたらしい。

「君は〝Ｓａｗａ〟を傷付けたいわけじゃないだろう」

「あ……」

我に返った少女が、見る見るうちに青褪める。

駆け付けたホテルスタッフはさっと状況を確認し、司と素早く連携を取りながら少女の方を宥めるように別室へ促す。紗和の出る幕はなかった。

「紗和、濡れてないいな」

「……ないけど」

「掴まれていたところは」

「あんな華奢な子の握力なんて知れてるよ」

「そうか」

話をつけてくる、時間が掛かりそうだから紗和は帰っていいと言いながら、司は濡れたジャケットを脱ぐ。そして大丈夫だと言っているのに、頬やら肩に触れ紗和の無事を確認したがった。

「……おい」

ベタベタ触れてくる手を払い除けながら、紗和は渋い声を出す。

「何だ、その締まりのない顔は。今、そういう状況じゃないだろ」

ごたごたの直後だと言うのに、司ときたらだらしなく口許を緩めていた。鼻歌でも歌い出しそうな雰囲気だ。

「そうか？　嬉しい言葉を聞いたからかもしれない」

「幻聴じゃ？」

そう言えばとんでもない失言をした気がする、と紗和の全身に後悔が巡る。だがすげなく言っても、司はふやけた顔を元に戻さなかった。

「それでもいい」

「何だそれ、むかつく」

ポコっと八つ当たりで軽いパンチをお見舞いしても、やはり司の締まりのない表情は変わらなかった。

◇◇◇

その日も司はいつも通りの時間に目覚め、簡単に朝食の準備を済ませてから、時刻を確認しスマホに手を伸ばした。履歴の一番上をタップして電話を掛ける先は決まっている。

一回、二回、三回。

コール音を数えて待つ。

四回、五回――

『……はい』

応えた声は少し低くて淡々としており、寝起きなのか単に機嫌が悪いのか感情があまり見えない。

「おはよう、紗和。よく眠れたか」

『モーニングコールとかいらないのに、懲りないな、お前……』

実は紗和のマネージャーである加賀見が仕事の凡そのスケジュールを教えてくれるおかげで、司は邪魔にならない時間を狙って電話や訪問ができているのである。加賀見は未だ司のしたことを許してはいないが、紗和のためになることと判断すれば協力的だ。

「目覚まし代わりだと思ってくれ。俺の数少ない日常の楽しみの一つなんだ」

『寂しいヤツだな、日常の楽しみのレベルが低すぎる。……どうせ加賀見さんが噛んでるんだろ、オレが夜遅かった翌日には掛かって来ないんだから、嫌でも察する』

どうやら紗和の方も、情報の横流しには気付いていたらしい。

司は壁に掛けてあるカレンダーをチラリと確認する。先日ホテルのラウンジで揉めた一件からは、一週間ほど経っていた。

あの少女は、紗和の行き過ぎたファンで、ストーカー行為の果てに司は紗和に相応しくないと判断し、脅迫まがいのことを司に仕掛けていたのだ。どうやって調べたのか、司宛てに〝Ｓａｗａにお前は相応しくない〟、〝今すぐ離れろ〟、〝傲慢なαは滅びるべき〟、〝態度を改めないなら相応の対応をする〟等々何度も脅迫するＦＡＸを送り付け、効果がないと知れば素顔を隠して司の帰宅を狙い直撃してきたこともあった。調査会社を使い相手の身元を調べ上げた司はあの日相手を呼び出し、話を付けるところだったのだ。

　相手が未成年だったこともあり、ここで引くなら親にも学校にも警察沙汰にもしない、と話を付けるはずが、結局はあんなことになってしまった。あの後、紗和の意見もあり事件化することは避けたが、相手の親には連絡をして全てを話すことになった。ちなみに紗和が事を大きくしなかった理由は、〝あの子、あの時自分の近くにあったコーヒーじゃなくて、敢えて水のグラスを選んだから。しちゃいけないことをしたと思うけど、本当にどうしようもない子じゃない気がする〟というものだった。

「体調に変わりはないか」

　カレンダーを眺めたまま、電話の向こうに声を掛ける。

『ありません』

「確かあと三日くらいか」

『あぁ、ちゃんと予定通りきたらな』

　紗和の発情期が近かった。未だ周期は安定していないので、体調確認は欠かせない。今回は司もしっかり反省を活かし、衣服やシーツなども万全の態勢を整えている。

　ところで、と電話の向こうで紗和が藪から棒に切り出した。

『司、お前、今日誕生日だっけ』

「！」
まさか紗和の口から、しかも当日にその話題が出てくるとは思わず、司は目を瞠る。
そもそもどうして知っているのだろう。教えたことなどなかったはずだ。
「日付けを覚えてもらえてるだけで嬉しい。今日は一年で一番いい日だ」
できればおめでとうのひと言もあるとなお嬉しいが、どうだろうか、聞けるだろうかと
そわそわしていると、ドン引きの声が返ってきた。
『誕生日という事実に触れただけで一年で一番いい日とか、満足点が引くほど低いな……
そもそも今日、仏滅だぞ』
「六曜なんて些細なこと…………紗和？」
今日が仏滅だろうが受死日《じゅしび》だろうが十方暮《じっぽうぐれ》だろうが大禍日《たいかにち》だろうが構わない。どれだけ
日柄が悪かろうと、紗和に誕生日を覚えてもらえていた果報者の司にはどんな悪い影響も
与えない。だが、ふと司は違和感を覚えた。
仏滅。確かにカレンダーを見ると、今日は仏滅と書いてある。
だが、六曜なんて毎日きちんと把握しているものだろうか。司だって、訊かれても咄嗟
には答えられない。
それなのに、紗和の口からはするりと出てきた。
ドクリ、司の心臓があり得ない期待に音を立てる。

今日は、仏滅。一つ前の日付を辿ると――大安。

『誕生日プレゼント、欲しいか』

まさか。まさか。

「……多分、もうもらっている」

さっきまで普通に喋っていたのに、司の喉は強張り上手く声が出せなかった。

『確認したら』

そっけない声がそう言う。確認しろと、言う。

「――っ‼」

司は電光石火の勢いでリビングに置いている戸棚に飛び付いた。

引き出しを開ける。中に入れていた物はただ一つ。だが、そこにあるはずの婚姻届は姿を消していた。

代わりに、別の紙が一枚。

『……もしもし？　おい、もしもし？　生きてる？』

「生きる……！　長生きする‼」

『あぁそう、どうぞご自由に』

紗和の声はいつもと変わらず素っ気ない。だが、司にとっては生まれてから今までで一番嬉しい誕生日プレゼントだった。嬉しさで頭が沸騰しそうだ。喜びで人はこんなにも身体が震えるのだと、初めて知る。

この引き出しには、自分の記入を済ませた婚姻届を用意していた。

もし出してもいいと思ったら、紗和のタイミングで出してほしいと伝えていた。出したくなるまで待つからと。

〝出したくなんか、絶対ならないと思うけど〟

紗和はあの時、そう言っていた。

だが、今ここに婚姻届はない。引き出しの中に代わりに入っていたのは、司と紗和の名前が載った婚姻届受理証明書だった。

「さ、紗和、どうしよう、幸せすぎてどうしたらいいのか分からない」

『好きにしてくれ。じゃあオレ、これから朝のロードワークだから』

司だってこれから朝食を食べ、身支度を済ませたら出社しなければいけないのに、頭が真っ白でとても行動に移れそうにない。なのに紗和は無慈悲にも電話を切ろうとする。

「いや、ま、待ってくれ、紗和。まだもう少しこの余韻に」

『お一人でどーぞ』

「一人では抱えきれない……！」

電話口でそう縋り付いたが、照れているのか本当に感慨など微塵もないのか、紗和は取り合ってくれなかった。

『オレはそのテンションに付き合えそうにもないので』

　そう言うや否や本当に通話を切られてしまい、司は呆然と手許の婚姻届受理証明書を見下ろす。

「本当に……」

　この間、〝紗和の人生に司は要らないのでは〟という問い掛けに、〝要る〟と紗和は言ってくれた。それだけで、本当に嬉しかった。ただ、やはり入籍となると宮永家と繋がりができてしまう。だから結婚はできたとしてももっともっとずっと先のことだと、あるいは一生実現しないとすら思っていた。

「だが紗和が、自分の意思で」

　司を生涯の伴侶にしていいと、そう思ってくれたのだ。

「ふは……」

　司の口から、笑い声が漏れる。我慢できそうにない。

　始まりは確かに最悪だったが、司の番は選んでくれた。今度は自分の意思で、司と一緒になることを。

　一体いつの間に、どんな顔をして婚姻届を書いてくれたのだろう。代わりに、婚姻届受理証明書を忍ばせたのだろう。こっそり準備をする紗和を想像すると、また勝手に口許から笑みが零れる。

幸福にどっぷりと浸かりながら、司は紗和を一生大切にすると改めて強く誓ったのだった。


すっかり日が暮れた街は、色とりどりのイルミネーションで煌めいている。車内からその様子を見るともなしに見ていた司は、ノックの音に後部座席を振り返った。

「お疲れ様です。運転、お願いしまうわぁあっ⁉」

帰宅のために送迎用の車のドアを開けた紗和が、運転席に目を向けた瞬間叫び声を上げた。

今日の運転手が司だなんて、思いも寄らなかったのだろう。

「な、な、なんでお前がっ」

「加賀見さんに代わってもらった」

「はぁっ⁉」

何せ新婚ほやほやの身である。少しでも伴侶と一緒にいたいと思うのは当然の心理だ。

「何かいつもの車と違うなと思ったら。し、仕事はどうした」

「こんな日に遅くまで仕事をしている馬鹿はいない」

正直、司は今日朝から夕方までしっかり働いた自分が不思議でならなかったくらいだ。

こんな日くらい、休みを許されて然るべきである。もし結婚の事実を事前に把握していたら絶対にどうにか調整をして休みをもぎ取っていた。せめてもと思い、今日は定時で即刻仕事を切り上げ、加賀見に頼んで送迎役を代わってもらったのだ。

観念した紗和がシートベルトを締めたのを確認し、アクセルを踏み込む。

「夢じゃないかと、ドッキリじゃないかと何度も疑った」

今朝の話を持ち出すと、紗和が動揺したのか言葉に詰まる気配がした。だが、すぐに何てことない風を装ってみせる。

「ドッキリは、さすがに性質が悪いだろ」

「そうだな、紗和はそういうことはしない」

道中、会話は少なかった。

真っ直ぐ向かった先は、加賀見の指示通り紗和のマンションだ。二人一緒にオートロックを抜け、エレベーターに乗り、七階の部屋まで辿り着く。

鍵を開けて、紗和が部屋の内に入る。〝どうぞ〟と招く言葉もなかったが、同時に〝帰れ〟とも言われなかった。玄関に足を踏み入れても追い返されないのは、司にとって初めてのことだった。

「紗和」

「……何」

玄関扉が背後でしまってから、司はその背中に声を掛けた。

「万が一実現するにしても、もっと何年も、何十年も先の話だと思っていた」

「そうした方が良かったか？」

「まさか」

紗和は振り返らない。機嫌が悪い訳ではない。緊張しているのだ、司相手に。

可愛い、その言葉を必死に呑み込みながら、肩に触れ紗和を腕の中に引き寄せる。

「何すっ」

「どうしてまたこのタイミングで？」

何が、紗和に入籍という重要な決断をさせたのか。朝からもうずっと気になっていた。

「それはその」

紗和が居心地悪そうに、腕の中で身動《みじろ》ぎする。

「総合的にメリット・デメリットを勘案した結果というか何というか」

「俺のメリット・デメリットを勘案してくれた？」

「う、うぬぼれんなっ」

放せと言いたげに腕の中で紗和が身を捩った。不意に司の方を向いた顔は思った以上に近く、鼻先が微かに触れ合う。次の瞬間、気付けば司はその唇に口付けていた。

「んむっ！　ん、ちょ、調子に乗るなよ！」

息継ぎの合間に必死に言う紗和の頬は、紅潮している。司の方も、一度口付けたら抑えが利かなかった。

「今日ばかりは、そう言われても難しい。調子に乗らせてくれ」

「んうーっ！　ん！　ん！」

身長差があるので、こうして抱え込むようにすると必然的に紗和は上を向き、爪先立ちになる。上目遣いが堪らない。が、司の勢いに押されながらも、紗和は必死に主張した。

「言っとくけど、オレはお前と婚姻関係を結んだのであって、宮永の家と結婚した訳じゃないからな！　つまり家の行事とかそういう要求には、一切応えないから！」

「紗和、それはますます殺し文句だ」

数多の面倒事が背後に控えていることを承知の上で、司個人のために結婚しましたと言っているようなものではないか。

「いやちがっ、だってこのままだとお前過労死しそうだったし、番に死なれると遺された方は迷惑だし、ちゃんと近くで見張っとかないと勝手に判断してあれこれ隠して、キャパ以上のことしようとするし！」

紗和は必死に反論を続ける。

いつだって、紗和は司に対して何か言い訳を必要としている。でも、それでいいと司は思っている。

好きだとか、愛しているだとか、そういう言葉を紗和は使わない。しっくりこないのかもしれない。だが、放っておけないとは思ってくれている。絆されたという言い方が近いのかもしれない。

「籍を入れたのは、このまま抵抗続けてもむしろ周りにせっ付かれて、余計な揉め事を持ち込まれるだけかなとか、ほら、現にお前の親がお前に理不尽な要求してる訳だし。籍入れたら、もう最初の要求条件満たしてるだろ。それ以上は応える義理がない。総合的に勘案した結果、届けを出した方が、一時的には面倒事を回避できるのかもしれないと思って！」

それに！　と紗和は続ける。

「よく考えたら、その気になれば婚姻関係なんて離婚届一枚で解消できる訳だし！」

「離婚されないように、全力を尽くす」

神妙な顔で、司はこくりと頷いた。紗和の言う通り、結婚には離婚という手段が用意されている。愛想を尽かされたら、あっという間に他人に戻ることになるだろう。

「紗和」

「何」

「幸せにすると、誓う」

決意を込めての宣言だったのに、紗和はふんっとそっぽを向いてしまう。

「してくれなんて、頼んでない。してくれなくても、自力でなれる」

そのあまりに紗和らしい発言に司は笑った。

「ふっ、そうだったな。紗和にはそれができる」

そういう逞しい紗和が、司は好きだ。堪らずに、司は再び柔らかな唇に口付けた。

「ちょ、あ、待っ、んぅ」

紗和は必死に胸板を押し返してくるが、誘うようにやわやわと唇を食むと、その愛らしい顔が羞恥で染まる。

司の舌は唇を割って口腔に入り、歯列をなぞった。それから上顎を擦り、小さい舌を絡め取る。紗和の口の中は司の舌でいっぱいになってしまうほど狭く、守りたいと庇護欲が湧くのと同時に、蹂躙してどこまでも自分で埋め尽くしてしまいたいという欲望が顔を覗かせた。

「ぁ、や、んうっ」

「んっ」

口内に溜まった唾液をじゅるりと吸い上げる。その味を堪能しながら、司は紗和の口の端から垂れた分を指で拭った。そのまま指を滑らせ喉許を擽ると、信じられないくらい可愛い声が零れる。その声だけで、司の欲望はぎゅっと昂り服の下で窮屈だと訴え始めた。

「つぁ、つかさっ！」

「ん？」

呼吸ごと食らい尽くすような勢いの口付けの嵐に、遂に紗和が白旗を上げる。

「むり、むり、立てな」

膝から力が抜け落ちたその身体を抱き上げ、そのまま一気に寝室へなだれ込んだ。

ベッドに押し倒し、啄むようなキスを降らせながらあっという間に二人を隔てる衣服を剥ぎ取る。胸の突起に触れると、身体の下で紗和が身悶えた。

「それやめっ」

「やめたくない」

「ぁ！」

Ωという生き物が元々そうなのか、紗和の資質か、この身体はひどく感じやすい。

「バカ、やめ、んう」

摘まんだ乳首をこりこりと刺激すると、紗和の喉から甘い吐息が零れた。少し強めにされる方が良いらしい。

「乳首なんか弄って！　何が楽しいんだよぉ……！」

「感じてる紗和を見るのが愉しい」

「変態！」

涙目で言われても、迫力などないに等しい。ただただ可愛さに煽られるだけだ。

さらに刺激を与え続けると、紗和の喉から漏れる声はいっそう蕩ける。指先で摘まんでいた突起は段々と色を濃くし、すっかり膨れ上がっていた。

「……っふ、ぁ」

力の抜けてきた身体。司の肩を押し返すこともままならない。

司は幾度かの発情期を経て、紗和の身体のことはもう隅々まで知っている。

どこが弱いのか。何をされるとぐずぐずになってしまうのか。

ベルトを引き抜き、張り詰めて痛いほどだったスラックスの前も寛げた。途端に飛び出してきた屹立の先端から我慢できないと先走りが滴る。

手早く自分の準備を終え、紗和の肢《あし》をそっと開く。露《あら》わになった慎ましい蕾に指先を沈めればナカは煽情的に熱く蠢き、粘液が微かに淫靡な音を立てた。

「っぁ」

もう濡れ始めている。その事実に司はさらに煽られる。

狭いのに、ソコは司という異物を拒まない。進みたいと示せば、柔らかく指を呑み込んでみせる。

「紗和」

司は紗和の首筋に鼻を寄せ、すんと鳴らした。発情期ほどではないが、それでも確かに魅惑的なフェロモンの匂いが司を惑わす。

「あうっ」

奥まで指を進めて、紗和のイイところを探す。

「ひっ、あっ、司！　そこ触るなぁ！」

ナカから前立腺を狙って責め立てると、腕の中で紗和の細くしなやかな身体が震えた。

「ひっ、待て、まって」

もっと気持ち悦くなってほしい。

司は反応し始めていた前にも触れた。

「前も一緒は駄目だって！」

包み込んで上下に扱けば、段々と芯を持ち始める。紗和の先端から垂れる先走りが手のひらで捏ね合わされて、くちゅくちゅと卑猥な音を鳴らす。一方でナカを探る指は絶えず前立腺を責め立てているので、紗和の棹が司の手の内でビクビクと震え始めるのにそう時間はかからなかった。

「一緒に、するなぁっ、んぁ、あぁ……！」

快感から逃れようとしているのか、さらなる刺激を求めているのか、悩ましげに腰が揺れている。紗和は快楽に頬を染めながら、涙目で必死に耐えていた。そのいっぱいいっぱいな様子が愛らしくて仕方がない。ナカを探る指にも、棹を扱く手にもついつい熱が入る。

「ぅあ、イ……！」

程なくして紗和は限界を迎えた。勢いよく吐き散らされる白濁が、べっとりと紗和の腹を汚す。

「紗和」

「う……？」

快楽の証をその腹に広げるように擦り付けながら、司はすでにぱんぱんに張り詰めていた自身の屹立を小さな蕾に突き付けた。

「紗和、挿入れる」

「え、っあ、あっ、あぁ！」

始めこそ狭かったが、段々とナカは柔らかくしとどに濡れそぼり、司を呑む込むように蠕動《ぜんどう》を繰り返す。

「やぁ、あぐっ、バカ、デカいんだよ……！」

「ゆっくりするから」

いやいやと腰を揺らす紗和の頭を撫でながら、司は慎重に腰を進めた。だが、それでも涙目で紗和は叫ぶ。

「ゆっくりするの、やだぁ……」

もどかしい刺激しか得られないのだろう。だが、一気に突き入れればもっと苦しい思いをさせてしまう。

「でも悪くはないだろう？　ナカはすごい締め付けだ。ずっと吸い付いてきてる」

「んあぁっ」

紗和の内側からどんどんと滲む蜜に助けられながら、やがて司は最奥に辿り着いた。最後にグッと腰を押し付けると、紗和の棹から少量だけまた白濁が飛び散る。

「紗和、紗和」

「ゆら、すな」

「揺らすと気持ちイイだろう？」

司の大きなモノを受け入れて張った下腹を撫で回すと、紗和の眦からぽろりと涙が転げ落ちた。

「やめ、あ、そこ擦るなってばぁ……！」

「中途半端なのは嫌か？　もっと強く突き上げた方が気持ちイイなら、そうするが」

試しに最奥を抉じ開けるように強く腰を突き上げれば、紗和の身体が跳ねる。

「ひうっ」

「ゆっくりと、どっちがいい？」

「や、ひっ、んうっ！　どっちとか、そういうことじゃな……！」

何度か激しく抜き差しを繰り返した後、絞る取るように紗和のナカが大きくうねった。

き出さない。
だが、達したように見えたのに、紗和の棹はぴくぴくと小刻みに震えるばかりで何も吐
「っあ――――！」

「紗和、ドライでイッたのか」

「え……ドラ……？」

対する司はまだ一度も達せていなかった。紗和の首筋に鼻先を埋めその匂いを堪能しな
がら、閉じ込めるようにその身体を抱え込み、本能がけしかけるまま腰を打ち付ける。

「あっ、んぐ、はげし、今、今イッたのに、イッたとこなのに！」

「うん、悪い、紗和、もう少しだけ」

「むりなんだってばぁ」

言葉とは裏腹に紗和のナカはきゅうきゅうと精をねだるように司の屹立を締め上げ、熱く柔らかく蠕動してはなお奥へ奥へと咥え込んでいく。

「紗和、もう出るっ」

「ぁあっ⁉」

堪らず司は薄膜越しに欲望を吐き散らした。司のモノがナカで震えるのに合わせ、紗和の身体も甘く戦慄く。

やがて白濁を吐き出し終えたソレを司が引き抜くと、自身を満たしていたものをなくし

て、紗和が切なげに声を漏らした。

「紗和、悪い」

だが、もちろんこの一回で終わりにできる訳がない。

「え……？」

紗和の身体を俯せにし、手早く二つ目のゴムを装着する。

もう一度、熱く絡みつくナカを堪能したい。

はくはくと寂し気に空洞であることを訴えるソコに、再び先端を宛がおうとしたところで、おもむろに紗和は後ろ髪を掻き上げ、うなじを見せつけてきた。無防備な肌が曝け出される。

「ん……」

「紗和、いつも言ってるが駄目なんだろう」

噛んで、食んで、快楽を刻み込めと言われている。

黒子《ほくろ》一つない、滑らかな美しい肌。そこに唯一刻まれた自分の歯型を見て、一瞬にして口腔に唾液が溢れた。飲み込めば、ゴクリと喉が大きな音を立てる。

「ん！」

「紗和、駄目だ」

早く、と急かすように紗和は主張してきたが、それでも司は必死に欲望に蓋をした。

首筋だけに限らず、噛むのもキスマークも、そういう趣味はないが縛ったりするのも仕事に支障が出るので許されない。

それに痕を残すことができなくても、肌を重ねられるだけで十分だ。司はモデルをしている紗和が生き生きとしていて好きだし、紗和の大切にしているものは自分も同じかそれ以上に大切にしたい。

「…………った」

「ん？」

掠れた小さな声が零れ落ちる。

聞き取れずにいると、紗和はもう一度、今度ははっきりと言った。

「長めの冬休み、もらった」

「冬休み」

「二週間。……それまでに消えるやつ」

その言葉を聞いて、頭が真っ白になった。

紗和の言葉がつまり、何を意味しているのか、動きが鈍っている頭で必死に考える。

「え、いや、だが」

噛んでもいいと言われている。そのうなじに、いや、うなじ以外にも執着の証を付けて構わないのだと。

ご褒美が過ぎる。何かの罠の可能性すらあるのでは。婚姻届の件から、本当は全部全部夢なのではないか。咄嗟にそう思ってしまう。

「その、でも、加減が、難しいから」

うなじは本当に特別で、Ωにとって大切な場所だ。なのに好きにしてもいいだなんて、言われただけでくらりと眩暈がする。

司がいつまでも煮え切らない態度でいると、紗和はジトっとした目で睨んできた。

「いつだって噛みたいクセに。本当はキスマークだって滅茶苦茶に付けたいクセに」

「いや、なんでそんな断言」

「分かるに決まってる」

不満げな顔から一転、今度はふふんと得意げな表情を浮かべた。そしてとびきり可愛いことを言い出す。

「だってお前、オレにメロメロだもんな」

「……否定は、しないが」

「気に食わないけどαの所有欲ってやつ？　それもあるだろ。本能的に分かりやすくマーキングしたい欲。それに、オレにだってΩの性質ってもんがある。ヤるなら噛まれながらが正直一番イイ。アドレナリンだかドーパミンだかオキシトシンだかが出るんだよ多分、よく分かんないけど」

よく見ると、真白だったうなじが薄っすら赤く染まっている。照れているのか、と気付いて司は年甲斐もなく自分の心が浮つくのを感じた。

「……本当にいいのか？」

「しつこい。これ以上言わせたら、もう一生噛ませない」

ごくり、喉が鳴る。

だってもうずっと我慢していた。紗和の言う通りなのだ。いつだって噛みたくて噛みたくて仕方がなかった。自分だけのΩに、何度でも執着と独占の証を刻みたくて堪らないのを、理性だけで必死に抑え込んでいた。

「――じゃあ、遠慮なく」

「あぁー……っ！」

司の歯がうなじにつぷりと沈み込んだ瞬間、紗和は今までで一番甘く蕩けた声で啼いた。直接噛んだのは、あの料亭での出会い以来初めてだった。

華奢な手が必死にシーツに縋り付いている。もどかし気に揺れる腰に気が付いて、司はうなじを噛みながら、再び紗和の後孔に己を宛がった。

「ぐっ」

「んう！　ん！　う～！」

司の身体の下で、紗和の身体が何度も痙攣する。噛まれて、それだけで絶頂しているの

だ。合わせてぎゅっと窄まったソコに潜り込むのは容易ではなかったが、司は紗和の呼吸に合わせながら少しずつ自身を埋め込んでいった。

食んで、舐めて、吸い上げて。歯型と赤い痕を、綺麗な肌に散らしていく。その度にナカが嬉しそうにきゅうきゅうと締まって、司の理性も焼き切れていく。

「ヤバ、あ、むり、ね、これヤバい、っんきゅっ！」

身体に走る快楽に鳴き声を上げ、恍惚とした表情を見せる紗和。

このΩをこんなにも快楽に沈めることができるのは自分だけ。

その事実に滾らずにはいられない。

可愛い。大切にしたい。絶対に手放したくない。

天邪鬼なところも、根性があるところも、努力家でひたむきで、時に相手が誰であれ差し出された手を払いのける強さを持っているところも。司にとっては全部愛おしくて堪らないのだ。

「あ、それ、好きぃ、もっと！　痕、のこるくらいっ……！」

司は千切れそうになる理性をギリギリ繋ぎ止めて、柔らかな皮膚を食い破ることだけはないように必死に加減する。

「はっ、ヤバい、こんなの、クセにしたくないのにぃ」

「紗和、そんなに締め付けないでくれ、保たない……！」

「んぁっ、だって……！　きもちい、ね、もっとおく、ぁあ――っ！」

可愛いΩに望まれるまま、司は本能に任せて最奥に怒張を何度も打ち付けた。恍惚とした表情を浮かべながら、紗和が何度目かの絶頂を迎える。重ねてうなじに甘噛みを繰り返せば、とろんとすっかり蕩けた表情で振り返るものだから、司も思わず放ってしまいそうになった。

「……紗和。まだ足りない。沢山噛むから、もっと」

「んえ？　あ、なにおっきくして、んくっ……！」

埋め込んだままの剛直を、司はゆっくりと最奥を捏ねるように押し付ける。

「や、まっ、きゅーけーするっ、あぁっ！」

この日、結局司は紗和が気を失うまで何度も何度もその身体を抱き、無数の歯型と赤い痕を身体中に刻んだのだった。


微かに喉の渇きを覚えて、司は眠りの淵から浮上した。

目に飛び込んできたのは、いつもと違う天井。

「あぁ……」

今日は紗和の自宅にいるのだった、と思い出す。

ふと意識を巡らせれば、鳩尾も脇腹も、何なら脛だって痛むところは一つもなかった。

司の番は、隣で健やかな寝息を立てている。

以前、紗和に寝相について言及した際、不可解な顔をされた。寝相が悪い自覚が本人にはないようだった。あんなにアクロバティックなのに自覚がないなんてと驚いたが、司はあの後自分が思い違いをしている可能性に気付いた。

最初の頃は本当に痛かった。寝ている間に何度も何度も痛みが身体を襲った。だが、一緒に過ごすうちに段々とその頻度は減ったように思う。

急に寝相が改善するなんてことは、なかなかない。治そうと思って治せるものではないはずだ。

自分の推察が正しいか確かめるために、司は寝ている紗和の頬にそっと手を近付けたことがあるのだが、その時は即座に手を払われた。

それで合点がいったのだ。

紗和は寝相が悪いのではない。

「寝相が悪いと言うより、外敵認定されてたんだよな」

紗和にとって司は、寝ている時でさえ心を許せない、排除すべき相手だったのだ。

振り返ってみれば、紗和の手足が司にクリティカルヒットすることはあれど、それだけ動き回るにしてはベッドから落ちたことは一度もなかった。いつだって、司だけを攻撃していたのだ。

安眠のために不安な要素を排除しようと無意識のうちに防衛反応が出た結果を、司は寝相の悪さと取り違えた。けれど、それも過ごす時間が長くなるにつれ、少しずつ収まっていった。その事実に、司がどれだけ喜んだことか。

「紗和が、少しだとしても俺の存在を許容してくれてる証だったからな」

けれど、同時に罪悪感を覚えていたのもまた事実。

合意なく番にした相手に嬉しいとか、可愛いとか、好きだとか。そんな感情を抱くのは正しいのだろうかと。好意や執着、独占欲を覚えるべきではなく、自分は紗和に対して申し訳なさだけを抱えているべきではないのかと、そう思っていた時もあった。

でも今日、〝番〟の他に、二人を表す新しい名前が付いた。

もう司と紗和は家族なのだ。

当然、司は全力で紗和を大切にする所存だが、両親を始めとした面倒事が、自分の周りには溢れている。

今後、接触がないとは言い切れない。むしろ絶対あるだろう。

それを分かっていて、紗和は婚姻届けを出した。出してくれた。

「……何があっても紗和のことは守り抜く」

「んん……」

紗和が声を漏らしながら寝返りを打つ。その手が何かを探すようにもぞもぞと動いていると思ったら、やがて司の服の裾を掴みそのまま身体ごと擦り寄ってきた。

「！」

あの、紗和が！

攻撃されないだけで、外敵認定をされていないだけで十分と喜んでいたのにその上！

無意識の内に司を探して、あまつさえ身体を擦り寄せてくるなんて！

「う、嘘だろう……」

感激に身体が震える。

写真を撮りたい、と司は思った。この可愛い生き物を世界中に見せびらかしたい。いや、違う。こんなに可愛い紗和は誰にも見せずに独占していたい。

司は番の額に掛かった前髪を、起こさないように注意しながら払う。

「ん～、じゃま……」

すると紗和はもごもごと言いながら鬱陶しそうに顔を背けたが、その後また司の身体に身を寄せてそのまますうっと呼吸を深くした。

とんでもなくツンデレで、口は悪いし、よくよく考えたら結婚までしたのにまだ〝好き〟のひと言も頂けていない訳だが。

「……俺の番は、顔も中身も特別可愛い」

番としての相性は、言わずもがな。
司は世界で一番愛しい番の頬に、そっと小さく口付けた。

■あとがき■

お初にお目に掛かります。東川《ひがしかわ》カンナと申します。

「ウチのΩは口と性格と寝相が悪い」をお手に取ってくださり、有難うございます。

本作は第19回小説ショコラ新人賞において奨励賞を頂き、この度書籍化の運びとなりました。大好きなＢＬでデビューというこんなに嬉しい機会を頂くことができ、思い切って賞に応募して良かった……と、今しみじみと当時を振り返っています。


応募時四万字弱だった物語をこうして一本の長編にするまでの道のりは、なかなかに長いものでした。というのも、この物語の主人公・紗和《さわ》がとんでもなく癖が強かったのです。

私はいつも主人公を芯のある、どれだけ辛いことや悲しいことがあっても自分の足で立ち上がることができる子にしがちなのですが、歴代主人公の中でも紗和はトップに立つほど、これらを具現化したキャラでした。性格や行動理念がはっきりしていてブレがないのでとても書きやすくはあったのですが、何せこの手のキャラはしっかりし過ぎているので、「え、お相手いなくても、一人でやっていけない……？」となってしまうのが悩みどころ（そんな子が弱みを見せて寄り掛かれる相手がいるのが、また最高なんですが……！）。

しかも紗和はツンデレキャラだったこともあり、「ツンとデレの対比を崩したくない、紗和はこんなに簡単にデレたりしない……」と、攻めである司《つかさ》との恋愛部分にはかなり手を焼きました。紗和が一向に司に心を開かないので、担当さんに「紗和って人を好きになるんですかね……?」と訊かれ、「す、好きになるんじゃないですかね? 多分……」とお答えしたことを、何度も思い出しては一人で笑っています。ボーイズ〝ラブ〟を書いているはずなのに、そのアイデンティティの部分を揺らがす受け、強すぎる。

そんなこんなで色々と苦戦もしましたが、今回、こうして皆様にお届けできるようになるまでに、本当に沢山の方にご尽力頂きました。編集、校正、デザイン、印刷、販促等々、お力添え頂いた全ての方に心から感謝申し上げます。特に担当編集様にはお世話になりました。こうして無事形になるまで作品と、そして私と向き合ってくださり本当に有難うございました。そしてイラストを描いてくださった末広《すえひろ》マチ先生。二人をとても素敵に描いてくださり、有難うございます。ラフを拝見する度に、毎回執筆の力を頂いていました。

本作を読んでくださった方にとって、この作品が楽しいものになれば幸いです。これからも精進して参りますので、またどこかでお目に掛かることができたらと願っております。

東川カンナ

初出
「ウチのΩは口と性格と寝相が悪い ※ただし顔と身体の相性は抜群である」
第19回小説ショコラ新人賞 受賞作 加筆修正
「ウチのαは趣味と察しと諦めが悪い」書き下ろし

CHOCOLAT
BUNKO

この本を読んでのご意見、ご感想をお寄せ下さい。
作者への手紙もお待ちしております。

ショコラ公式サイト内のWEBアンケートからも
お送りいただけます。
http://www.chocolat-novels.com/wp_book/bunkoenq/

ウチのΩは口と性格と寝相が悪い

2024年3月20日　第1刷

著　者:東川カンナ
発行者:林 高弘
発行所:株式会社　心交社
〒171-0014　東京都豊島区池袋2-41-6
第一シャンボールビル7階
(編集)03-3980-6337 (営業)03-3959-6169
http://www.chocolat_novels.com/
印刷所:図書印刷 株式会社